さいはての家

彩瀬まる

集英社文庫

目次

はねつき 7
ゆすらうめ 45
ひかり 97
ままごと 139
かざあな 193
解説　北大路公子 247

さいはての家

はねつき

一緒に暮らし始めるまで、私は昼間の野田《のだ》さんというものを見たことがなかった。

昼間の野田さんはたいていい日当たりのいい和室で本を読んでいる。薄い座布団にあぐらを掻《か》いて、全体的に茶色く変色した文庫本をめくり、日が傾くまで同じ姿勢のまま動かない。月に一度、自転車で国道を越えた先にある古本屋へ向かい、紙袋いっぱいに本を仕入れては本棚代わりの段ボール箱に放り込む。

休みの日に野田さんのそばに座って、段ボール箱から本を一冊取り出した。本はどれもカバーのない文庫本で、中のページが柔らかくくたびれている。少し指をすべらせるだけで薄い紙がぱたたたたっとめくれ、かびっぽい匂いが広がった。みちっと並んだ黒い文字に目を凝らす。日本語であることはわかる。けど、一行目からもうわからない漢字が出てきた。平仮名も「い」が「ひ」になっていたりと読みにくく、いくら文章を追ってもさっぱり頭に入ってこない。

「こんなにむずかしい本、読むんだね」

丸い背中に呼びかける。銀フレームの眼鏡をかけた野田さんがこちらを向いた。彼は目元や唇が薄く、鼻筋の通った、くせのない穏やかな顔をしている。白髪交じりの、遠くからでは銀色にも見える髪を短く整えていて、いつも襟付きのシャツにジーンズを合わせている。私が持つ本の背表紙を指先でひょいと持ち上げ、首を傾《かし》げた。

「ソウセキはそんなにむずかしくないでしょう」

「読んだことない」

「えー、うそお」

うそお、うそお、と繰り返しながら、野田さんは段ボール箱に腕を差し込んだ。本の山を掻き分けて、あったあったと薄い一冊を取り出す。

「クサマクラは長いから、ユメジュウヤから始めなさいよ」

「いいやあー、めんどくさい。代わりに野田さん、読んで聞かせてよ。声聞きたい。本読まれると、暇なんだもん」

「なにそれ」

呆《あき》れたように言って、野田さんは新しく手に取った本を開いた。私は野田さんの太ももを枕にして畳へ寝そべる。シャツにしみた煙草《たばこ》の匂いをかいでいると、上から声が降ってきた。あまり期待はしていなかったのに、思いがけず慣れた感じでしっかりと朗読をされて、驚いた。こんな夢を見た、で話は始まり、ところどころわからない言葉があったけれど、きれいな女が死んで、百合《ゆり》になったことはわかった。私が死んだらどんな植物になって野田さんを迎えに来よう。そんなことを思いながら声にあやされて目を閉じた。網戸を引いた縁側から、草の香りがする軽い風が流れ込んでいる。

私たちは、かけおちをした。たくさんの人に嘘《うそ》をついて、他県の小さな町へ引っ越した。野田さんは奥さんと小さな女の子を捨てた。いくらか借金もあったと聞いている。手続きはすべて私の名義で、野田さんの痕跡は残していないはずだけど、こんな生活がいつまでも続くとは思えない。私はまるで自分が死ぬ瞬間を想像するみたいに、ぜんぶ終わりにする雷のようなばちが落ちてくる日のことを思う。

色々なものから追いかけられている野田さんは、ほとぼりが冷めるまで働かない。私は、近くのホームセンターの園芸部門で働いている。毎日毎日エプロンをして青々とした苗に水をやり、並べ替え、肥料やレンガを積み上げる。

「野菜の苗を入荷しすぎたみたいで、売れ残る」

夕飯のときになにげなくグチったところ、野田さんは「じゃあ、いくらかうちでも買ってみようか」とあっさり言った。私たちが借りている築四十年の古い平屋には、雑草がぼうぼうに茂った小さな庭がついている。三日かけて草を抜き、土を掘り返し、畑らしくしてからプチトマトとなすの苗を植えた。最後にじょうろで水をまくと、甘い土の匂いが庭いっぱいに広がった。

「ちゃんと根付くかな」

「まあ大丈夫だろう。夏になったら収穫だ」

腕まくりをした野田さんは満足そうに言う。夏になっても自分たちはここにいられるのだろうか。私はか弱い葉が並ぶ畑の端にしゃがみ込み、色の薄い空をぼんやりと見上げた。家の隣は、老人ホームになっている。三階にあるベランダで、職員らしき女性が大きく腕を広げて何枚もシーツを干していた。

十日かけて十個の夢の話が終わり、続いて野田さんは段ボール箱からやたらとたくさん短い話が詰まったぶ厚い短編集を取りだした。眠るまぎわに一日一話、読んでくれる。引っ越しの際にテレビを売ってしまい、夜がとても暇だった。

「テノヒラノショウセツ」

「なにそれ」

「カワバタだよ。学校で習っただろう」

「試験で出た気がするけど、漢字が出てこないや」

「こんなあほうな子を卒業させちゃって、今の学校は何やってるんだか」

文句を言うわりに野田さんは少し楽しそうだ。私を馬鹿にして、ものを教えるのが楽しいのだろう。私も一緒にいる男の人の機嫌がいいと、なんとなく嬉《うれ》しい。安心する。

馬鹿にされるのは、守られることに似ていると思う。

テノヒラノなんたらは、十個の夢の話に比べてずいぶん暗かった。暗くて暗くて、戦争だったり貧乏だったり女がひどい目に遭ったり、ただでさえそんな話ばかりでいやなのに、ときどき真夜中の水たまりみたいに語られる景色がぴかぴか光るのが、余計にこわかった。

「なんでそんな暗いの読むの？」

「カワバタは日本で一番美しい文章を書いたって言われてるんだぞ」

「美しくってもひどいよ」

「美しいものは往々にしてひどいもんだよ」

「おうおう？」

「だいたいそうなることが多い、って意味だ。まあ暗くても、教養をつけるんだと思って聞きなさいよ。その方が、新しく店を開いたときに客にも喜ばれるだろう」

ぶっぷーと頭の中でバツボタンを押す。お店に来るお客さんは私がものを知っているよりも、知らないことを喜んだ。毎晩毎晩水割りを作りながら、私は何度でも知らないふりをして高度経済成長期の思い出話や、パソコンや携帯電話ができる前はどんな暮らしだったか、今の政治家の親はこんなに悪いヤツだったんだぜ、なんて話に相づちを打ったものだ。

　ここにくるまで、私はスナックやバーがびっしりと並ぶ繁華街の片隅で、カウンターの他にはテーブルが一つしかない小さな飲み屋の雇われママをしていた。高校を卒業後、しばらくホステスをしていたときに仲良くなったテナントビルのオーナーが紹介してくれた店で、収入はいくらか下がるけれど、きついノルマと肝臓を壊しそうな深酒から逃れられると聞いて、すぐにもとの店を辞めた。カクテルのレシピを覚え、料理本を見ながらつまみの作り方を学び、二十代の初めには細長いカウンターの内側に納まっていた。以前にも若いママがいたとかで、お店の常連さんたちは手元のおぼつかない私を娘のように可愛《かわい》がってくれたし、頼まれたお酒の作り方がわからないときは、いつも優しく教えてくれた。

　野田さんは、その飲み屋に長く通っている常連さんの一人だった。お酒の飲み方がきれいで、飲んでも飲んでも崩れることがなく、いつも背筋がすっと伸びていた。ウイスキーの水割りと唐揚げとポテトサラダときゅうりのピクルスをよく注文した。話し上手で他のお客さんとも仲が良く、私が会話の方向をしくじってお客さんを怒らせてしまったときには「こんなおネエちゃんに、俺らみたいなおっさんが怒鳴るもんじゃないって」と横からちゃらちゃらと話しかけて騒動を丸く収めてくれた。食材を仕入れる際、私が少しでも安く済むよう三つのスーパーのポイントカードを細かく活用していることを知って、若いのにえらいと褒めてくれた。個人でレストランを経営する野田さんのお財布にもまた、仕入れに使っているたくさんのポイントカードと、お金が貯《た》まるようにと娘さんが作ってくれたらしい折り紙の亀が入っていた。低さのなかに艶の混じる声をしていて、他のお客さんの相手をしているときでも、野田さんの笑い声はよく聞こえた。他のお客さんがいないときには夜更けから朝方まで、私たちはカウンター越しに色々な話をした。酒屋や食材の仕入れ先の評判から始まって、お店の話、奥さんの話、子供の話と話題はとめどなく広がった。野田さんはお酒が進むといつも自分の商売に奥さんがあまり協力的でないことを嘆いた。そもそも奥さんは野田さんの脱サラをだいぶいやがっていたらしい。育ちがよくて人に頭を下げたことのない人だったから、まだ俺のことを怒ってるんだろう、つるちゃんみたいによく働く子が一緒だったらなあ、と冗談めかして言われるたび、私は口元をゆるめてあいまいに笑った。まずいなあ、と思っていた。

　まずい、まずいぞ、と繰り返しながら私はますます野田さんにのめり込んだ。野田さんは時々なじみのバーに私を連れ出して、色々なカクテルの味をためさせてくれた。開店前の仕込みの時間にふらりと現れて、ポテトサラダの味がよくなる一手間や、唐揚げのおいしい揚げ方を教えてくれることもあった。私は日頃、人に距離を詰められるのがそれほど好きではない。けれど陰気さや水っぽさのまるでない、よく日の当たった杉の木のような野田さんに近づかれても、いやな感じが全然しなかった。

最近店の経営が苦しくってさ、もうずっと妻とは絶縁状態で、別れたいのだけど子供がいるから離婚を拒まれる、という話を聞いたときには、まだ年の離れた友人や飲み友達の気分だった。野田さんの手は乾いて大きく、近づくと首筋からコーヒーのような甘苦い匂いがした。カウンターに野田さんが座っているとどんな気難しいお客さんが来ても守られている気がして落ち着いた。一年が経《た》ち二年が経ち、固く結んだ梅のつぼみがほころび始めた冬の終わりに、「一緒に逃げちゃおうか」といつもの穏やかな顔で誘われた。

なんであの時、あんなにあっさりと頷《うなず》いてしまったのだろう。プランターに土を詰めたり、資材を積み上げたり、お客さんの車まで肥料の袋を運んだりしながら、今でもたまに、考える。

野田さんからすれば話はもっと簡単で、俺も困っていたし、あなたも困っていたから、ちょうどよかったんでしょう、とのことだった。

私、そんなに困ってた？　と並べた布団に寝転がりながら聞いてみる。野田さんは大げさに眉をひそめ、こんな風だから気の毒で見てられなかった、とため息をついた。あなた、前のキャバクラのお給料、結局三ヶ月分未払いのまま閉店されて、逃げられちゃったんだよね？　それにあの飲み屋もしょっちゅうビルのオーナーが来て勝手にレジからお金を抜いてたでしょう。あと、義理のお父さんが入院していた時期はともかく、退院後もずっと実家にお金を送ってるっていうのも妙な話だからね。私はぽかんと口を開いた。言われてみれば確かにそうだ。困っていた。ただ、困っていてもやっていけたから気にしなかった。一度気にしてしまったら、手に負えないほど深い穴へ落ちる予感がしていた。

「そういうのからね、引き剝がしたかったよ。つるちゃん、いいこだから」

ありがとう、と言うと、野田さんは照れたように目を細めてテノヒラノなんたらの続きを読み始めた。たくさん読んで聞かされて、ついでに古臭い言葉も教えてもらううちに、私はだんだんカワバタの小説になじんできた。たまにいいな、と思う話もある。景色がきれいだったり、外国の話だったり、子供がかわいかったりする話はきらきらしていて特にいい。でもやっぱり死にゆく女や、病気の女や、離婚される女など、辛《つら》そうな女をやたらきれいに書かれると変な気分になる。そういう話が多い気がする。ただ、野田さんも収録されている話をぜんぶ読んでいるわけではなく、その日の気分で選んでいるようなので、もしかしたら野田さんがそういう話を好きで、知らず知らずのうちに抜き出しているのかもしれない。

天井からとととと、と小さな足音が聞こえた。ねずみかいたちでもいるのだろうか。古い家なので、色々なものがでる。ゴキブリ、ムカデ、小さな蛇。気にせずに照明を消して布団へ入り、野田さんの方へ手を伸ばした。掛け布団の中へ指を差し込み、乾燥した熱い手を探り出す。五本の指を絡め合わせるようにして握ると、同じだけの力で握り返してもらえた。

　暗い天井を見上げるうちに、なつかしい顔を思い出した。いつも眉間にしわを刻んでいた、看護師だった母の顔。ギャンブルがやめられず、いつのまにかいなくなった父の顔。そのあとに家にやってきた、私と十歳しか年の違わない新しい父の顔。学校の同級生たち。もとのお店にいた女の子たち。飲み屋のカウンター越しに話した常連さん。好きだった人、きらいだった人。

　なにもかもがもやのかかった川の向こう側の景色のように遠く、なにも感じない。だってもう二度と会うことはないのだ。引っ越しをし、携帯を替え、誰にも連絡先を告げずに逃げてきた。これほどあっさり捨ててしまえたということは、私はその人たちのことをたいして好きではなかったのかもしれない。野田さんの言う通り、困っていたことはたくさんあった。けれどももういい。関係がない。なにも思わなくていい。

　死者とはこんな気分になるのだろうか。

　ふっと浮かんだ思考が、あまりに変で面白くなった。カワバタに影響されすぎだろう。声を抑えてくすくすと笑う。野田さんの読み聞かせが始まって二ヶ月が経ち、だんだん考えることが変わってきた気がする。賢くなったとかではなく、自分が今なにを感じているのか、前よりもよくわかるようになった。漠然と体のどこかが痛い、と思っていただけだったのが、肘が痛い、お腹《なか》が痛い、と認識できるようになった感じだ。これは不思議な感覚だった。たぶん物語を通じて、たくさんの喜怒哀楽をわかりやすく通過したせいだろう。ぼんやりしていた頃よりも「あ、こういうことだ」とわかった後の方が、嬉しいとか悲しいとかが強くなり、感情が大げさになる。それがいいのか悪いのかはわからない。

野田さんの寝息が聞こえる。つないだ手がだんだんしっとりと湿っていく。ぜんぶ捨てたのだから、この人だけは私のものだ。そう唐突に思う。これも、なんだか変な感じだ。なにかを信じたり、願ったりなんて、いつ以来だろう。少しでも痛くない方へ、苦しくない方へ、楽な方へと流れていくのが私のやり方だった。私のものだ、そうじゃなきゃひどい、と暴力的な気分でなにかへ宣言し、野田さんの手を捕らえた指先へ力を込める。軽い獣の足音がとととと、と天井裏を駆けていく。

ここのところやけにいやなにおいがするなと思っていたら、台所と脱衣所の物陰に小さな糞《ふん》が転がり、洗い場の石鹸《せっけん》が囓《かじ》られていた。休日にねずみ捕りシートを買い、とりあえず仕掛けてみようと押し入れを開ける。布団を取り出したあとの中段に片足を乗せて体を持ち上げ、板をずらして天井裏を覗《のぞ》いた。埃《ほこり》っぽい。ねずみの姿は見当たらない。

ふと、腕を伸ばしてちょうど届く位置に段ボール箱が置かれていることに気づいた。

なんだろう。配線とか、なにかの設備だろうか。でもこんな風に置いていかれることなんてあるのか？　奇妙に思って手を伸ばし、指をひっかけて引き寄せる。けっこう重い。傾けるたびにがちゃがちゃと音がする。苦労して胸に抱え、ふらつきながら埃だらけの箱を畳の上へ下ろす。中にはやけに生活感の強い雑貨が詰まっていた。コードを巻きつけたドライヤー、似た柄のマグカップが二つ、カラーペン、マニキュア、リップクリーム、バドミントンのラケットとシャトル、小さなアイロン、カエルのイラストが入ったハンドタオル、ニット帽。全体的にかわいい色合いのものが多いので、持ち主は女性だったのかもしれない。

「どうした」

皿を洗い終えたのだろう野田さんが手を拭きながら顔を出す。

「こんなものが、天井裏に」

「へえ」

「前に住んでたの、女の人だったのかな」

「いやあ、いい年したじいさんの一人暮らしだったって聞いたけど。それに自分のものなら、こんながらくたを天井裏に隠さないだろう。なにかワケアリで捨てられなかったとかそんな感じじゃないか」

「で、そのまま置いていった」

「かもなあ、生臭いもの見つけたなあ」

野田さんはさもいやそうに顔をしかめる。私はしげしげと箱の中身を見つめた。かつて私たちと同じように一組の男女がこの家で暮らし、おそろいのカップでお茶を飲んだり、バドミントンをしたり、交代で髪を乾かしたりしていたのだろうか。

「しまい直して忘れちゃいなよ」

「うーん」

気づいてしまった以上、昔の住人の気配がこんなに濃く染みたものを頭の上に置いておくのは落ち着かない。とはいえ、手が届く場所に置くのもいやだ。一息にごみ袋に押し込むのは、思い出の品をないがしろにするようで気が引ける。

悩んだ挙げ句、私はまず持ち主の体に多く接触していただろうものを箱から出した。ドライヤー、マグカップ、マニキュア、リップクリーム、ハンドタオル、ニット帽。たいして個人の気配がしないバドミントンセットとアイロンとカラーペンだけなら、ただの忘れ物と割り切ることができる。それらを箱に戻してまた天井裏へ押し上げ、ついでにそばにねずみ捕りシートをいくつか仕掛ける。買ってはみたけれど、本当にこんなものでねずみが捕れるのだろうか。むしろ、捕れてしまったらどうしよう。庭に逃がしたのでは帰ってきてしまうか。どこか遠くに捨てればいいのか。

その場にしゃがみ、取り出した品々を前にまた考え込む。同性だからか、使っている光景があまりにまざまざと想像できてしまって、やっぱり手元に残すには抵抗があった。結局、マグカップ以外は分別して捨てることにした。最後にカップを二つとも金槌《かなづち》で割って、適当な庭木の根元へ埋める。なにを弔っているのかはよくわからないが、供養のつもりで手を合わせた。これで二人が暮らしていた形跡はこの庭に残るし、粗末にしたと恨まれることもないだろう。

一仕事終えた爽快な気分で立ち上がると、縁側からこちらを見ていた野田さんが呆れた様子で言った。

「よくそういうことができるよなあ」

「そう？」

「俺ならだめだ。誰かが秘密にしてたようなものに触るのは、他人の内臓を掻き回してるみたいで気味が悪いよ」

「放っておくのもいやだし。一度見ちゃったら、整理した方がさっぱりするでしょう」

「いやなのか」

「うん」

「でも、この箱みたいなものなんて、そこらじゅうにあるだろう」

「気がついたらぜんぶ片付ける。落ち着かないし」

「これだから女はこわいんだ」

「そうかなあ」

女とか男とかの話ではないだろう。カワバタの読み過ぎで、野田さんは少し感じやすすぎるのではないだろうか。すっきりしない気分で近づき、ぺん、と薄い背中を平手ではたく。痛い痛いと迷惑そうにして、野田さんは本の散らばった和室へ戻っていった。

私からすれば、野田さんの方がよっぽど不気味に思えることがある。

その日の晩、寝る際に小説を読んでもらっている最中に、天井裏をとととと、と聞き慣れた足音が駆け抜けた。

「せっかくシートを仕掛けたのに、引っかかってないね」

呟《つぶや》くと、文庫本のページに指を挟んだ野田さんも一緒に天井を見上げた。テノヒラノなんたらはもうあらかた好きな話を読み終えたらしく、今はサンゲツキという話を読んでいる。自分が天才ではなかったらとこわがるあまり人と交わって切磋琢磨《せっさたくま》することができず、そのくせ自分は天才だと半ば信じ込んでいるものだから平凡な人々と仲良くなることもできなかった詩人が、精神的に追いつめられて虎になってしまう話だった。私は自分が天才だなんてこれっぽっちも思ったことはなかったので、野田さんの解説を聞いても他人事《ひとごと》にしか思えなかった。むしろ、のんびりとした野田さんがこんな厳しい話を好んでいることが不思議だった。

「野田さんも、そんな風に追いつめられたことがあるの？」

「向こうにいる間はずっとこうだったよ。負けるのがいやだったな」

向こう、とは昔いた場所のことだろう。そんな風には見えなかった。お酒を飲んで荒れたり泣いたりするお客さんはたまにいたけれど、野田さんはいつもにこにこしているだけだった。口に出すと、それが尊大な羞恥心ってやつよ、と胸を張られる。

また、とととと、と頭上を足音が通る。文庫本のページをめくりながら、野田さんが口を開いた。

「蛇が来るといいんだけどね」

「蛇？」

「そう。蛇が来ると、ねずみなんてあっというまだよ。とととって足音の後を、するするするって何かを引きずるような音がついていく。それで一週間もすると、ねずみはきれいさっぱり居なくなる」

「逃げちゃうってこと？」

「それもあるだろうけど、まあ大方は食べられる。ひょいぱくっと丸呑《まるの》みだ。蛇はどこまでも追いかけてくるし、速いから、ねずみはまず逃げられない」

光景を想像して、少し寒気がした。暗い中、どこまでもどこまでも追いかけてくる蛇に丸呑みされるなんて、ねずみはどれだけこわい思いをするのだろう。そして、そんなこわい話をなんでもないことのように口にする野田さんのこともこわくなった。それからしばらくは天井裏にねずみの足音が聞こえるたび、冷たい捕食者の摩擦音があとに続く気がして耳が痛んだ。

降り注ぐ日差しが強さを増し、もさもさと緑の葉が茂った庭の畑に小振りの野菜が生《な》りはじめても、まだばちはやってこなかった。ごみ捨て場で古いテレビと電子レンジを拾った。職場では、年の離れた夫は体を壊していて、と水を向けられるたびに適当な嘘をついていたものの、いつのまにか私はワケアリの人と見なされるようになっていた。愛人とかそういうの似合いそう、と冗談めかして言われたこともある。とはいえ、世代も背景もばらばらな環境では別にいじめられることもなく、平和な時間が過ぎていった。私は少し日に焼けた他はなにも変わらずに毎日働き、野田さんは家事をこなして本を読んでいた。

休日に、昼食のフライにするいわしをさばいていたら、やけに身が刃に引っかかって切り口がぐずついた。

「包丁、切れなくなってきた」

「貸してみなさい」

隣でパスタを茹《ゆ》でていた野田さんは、そう言ってすぐにお皿の裏で刃を研いでくれた。私の家から持ってきた包丁だけど、研ぐのは私よりも野田さんの方がずっと上手《うま》い。

「だいぶ刃が痩せてきたな。もう何年使ってるの？」

「六年くらいかなあ」

「あなたの切り方の癖でね、ほら、この辺が刃こぼれしてる」

家族みたいなやりとりを交わしながら、まるで神様が私たちのことを許してくれたみたいだ、と思う。研いだばかりの包丁はすうっと気持ちよくいわしを切り開いた。

「このまま暮らしていけちゃいそうだね」

収穫したばかりのプチトマトとツナを使ったソースを煮込みながら、野田さんはなんのことだとばかりに首を傾げた。

「ある日いきなり借金取りが現れたりとか、警察の人に呼び止められたりとか、そういうのばっかり想像してたから」

「あのねえ。年間九万人近い行方不明者が出てるんだよ、この国は。そうそう見つかるもんか」

「でも一応、悪いことをしたんだし。ばちが当たるのかなって思ってたよ」

「ばち？　つるちゃん、ばちが欲しいの？」

聞き返されて、とまどった。別に欲しいわけではないけれど、ばちとは当たるものではないのだろうか。うろうろと考える間に、野田さんは茹であがったパスタを引き上げ、ソースを熱しているフライパンへ移した。白い湯気が台所を満たし、すぐに網戸を引いた流しの窓から外へと抜けていく。衣をつけたいわしを油で揚げながら、唐突に喉を迫せり上がったのは、自分でも忘れていたような小さなことだった。

「お父さんが」

「ん？」

「私のお父さんは、優しくて、いつも遊んでくれて。でも、いくらお母さんが止めても、私の学費まで持ち出してパチンコに使っちゃう人だった」

「そりゃ、悪い親父《おやじ》だなあ」

たいして悪いとも思っていない口調で、雑に頷かれる。私も出来上がったフライを皿に盛りつけながら頷き返した。

「お父さんにばちは当たらなかった」

「願ったのか」

「ううん、でも、当たるものだと思ってた」

「誰かがあなたの代わりにばつを下してくれれば、このあいだ片付けていた天井裏の箱みたいに、整理した気分になれたのか」

え、と言って、言葉に詰まる。野田さんはこちらを見ていた。静かな、人間を見つめているというよりも、なにか自分とは違う生き物を観察しているような温度の低い目だった。ええ？　と間抜けな声をもう一度上げて、私は野田さんを見返した。なんだかつらい。心がひりひりする。こういうときには、頭の裏側を真っ白にすればいい。そうすれば時間は過ぎていく。少しして、野田さんはため息をついた。

「つるちゃんは馬鹿だなあ。親父のことを憎んだりとか、悪い奴《やつ》に金を盗まれないようにしたりとか、自分をないがしろにしてくる奴と戦ったりとか、そういうの、全然やってこなかったんだろう」

「そんなに悪い人ばかりじゃなかったよ」

「またそういうことを言う。かわいそうな子だよ、ほんと」

呆れた風に首を振って、野田さんは出来上がったパスタを皿へ移した。

ガラス戸を開けた縁側から、歌声が流れ込んでくる。隣の老人ホームの午後一番の日課だ。職員のピアノの伴奏に合わせて、思いがけず朗々としたいい声で、なつかしい歌が歌われる。私は仕事が休みの月曜日と木曜日しか聞けないけれど、野田さんはこれを毎日聞いているのだろう。このあいだは「川の流れのように」、その前は「リンゴの唄」で、今日は「月の沙漠」だった。おそろいの上着を着た王子さまとお姫さまが、なにも言わずにとぼとぼと、月夜の沙漠を進んでいく。

悪い人とはなんだろう。いやだ、きらいだ、と思うことはあっても、同じくらい優しくされることもあった。オーナーにお金をとられるのはいやだったけど、前のお店よりも体が楽になったのは本当だ。新しい父親に悪ふざけのように体を触られるのもいやだったけど、母なら絶対に買わないようなケーキやピザをたまにお土産にしてくれるのは嬉しかった。なにか一つ、強く原因となったものがあるというより、好きときらいがぐしゃりと混ざって切り離せない、そういうものがたくさん溜《た》まって、溜まって、ぜんぶ投げ捨てたくなったのが正直なところではないか。

憎む、と言われて頭に浮かんだのは空白だった。私が物事をごまかしたいときに頭の裏側に浮かべる真っ白。ああ、確かに私は馬鹿かもしれない。きらいはわかっても、憎しみはよくわからない。憎む力を持てずにここまで来た。でもあと少し、あと少しでわかる気がする。ごちそうさまでした、と両手を合わせ、空になった皿を流しへ運んだ。野田さんはお隣の合唱が終わってからも、ずっと小声で「月の沙漠」をハミングしていた。

夏が終わる頃には、野田さんは読み聞かせをあまりやらなくなった。私がもうすっかり古い文体に慣れて、自分で勝手に本をとって読むようになったからだ。代わりに、野田さんは古本屋から五年ぐらい前の国語辞典を買ってきてくれた。わからない言葉が出てくると、私は枕ぐらいぶ厚い辞書をばたんと開く。辞書の紙は薄く、すべすべしていて、ウエハースみたいな匂いがした。

夏目漱石の『夢十夜』も川端康成の『掌の小説』も中島敦《なかじまあつし》の『山月記』も、改めて読み直したら少し印象が違った。特に『掌の小説』は、野田さんが読まなかった話の方が私にとっては面白かった。

そのうちの一つに、「笹舟《ささぶね》」という短い話がある。足が不自由で、生涯を一人ですごそうと考えていた主人公の女が、戦時中に思いがけなく婚約する。婚約者は出征し、戦争が終わってもなかなか帰らない。待つ女の実家に、婚約者の母親がやってくる。庭で婚約者の末の弟と笹舟で遊びながら、女は婚約者の母親と自分の父親の話が終わるのを待っている。やがて出てきた婚約者の母親は、ろくな説明もしないまま末の弟を連れて去っていく。戦死か破談だ、と女は思う。わざわざ足が不自由な自分を選んで結婚してくれようというのも、「戦争中の感傷」だったろう。女はそうきっぱりと結論付け、まるで気分を変えるように実家の隣の新築の家を見に行く。

初めはこの話のなにに惹《ひ》きつけられるのか、よくわからなかった。感傷という言葉が気になって辞書で調べた。物事に感じやすいこと、とあった。物事に感じやすいのは、いいことだと思っていた。感傷、と呟いて角張った字面を指で撫《な》でる。なにかとてもこわいことを言われたような、でも、この小説は自分の味方でいてくれるような気がした。

ねずみはなかなかいなくならない。天井裏に仕掛けたねずみ捕りシートを、週に何度か野田さんが交換している。

「かかってたよ」

私も「生きてた?」

「いや、死んでた」

時々は、まだ生きてもがいているねずみがかかることもあるらしい。

「そういうときはどうするの?」

「どうもしない。シートにくるんで、そのままごみ箱に捨てる」

野田さんはなんでそんなこと聞くのと言いたげな、不思議そうな顔をしている。私も不思議でたまらない。シートでくるむとき、生きたねずみのわななきが伝わることはないのだろうか。濡《ぬ》れた黒い目がこちらを向くことはないのだろうか。夜中に台所へ水を飲みに行くたび、ごみ箱からちゅう、と鳴き声がする気がして落ち着かない。そんな時には居間として使っている和室の電灯を点《つ》け、本を読んだ。宮沢賢治《みやざわけんじ》も太宰治《だざいおさむ》も志賀《しが》直哉《なおや》も読んだ。生ごみに埋もれたねずみを忘れさせる、美しくてひどいことがたくさん起きた。野田さんが読書にのめり込む気持ちが、わかる気がする。

夏に追加で植えた生姜《しょうが》や芋、チンゲンサイと小松菜が収穫できるようになった。本当にこれからずっとここで暮らしていくのかもしれない。いまは苦しいけれど、ほとぼりが冷めて野田さんが働けるようになれば家計もだいぶましになるはずだ。市販のものより二回りほど小さい芋を掘り出して、庭の水道で洗う。野田さんは昼食に使う青菜を物色している。

隣の老人ホームも昼食の時間らしい。天気がいいので外で食べることにしたのか、まばらな生垣越しに、十人ほどの老人が外にパイプ椅子を出してなにかを頬張っている姿が見える。職員がコップや皿を持ってその間を行き来している。はい、しずさんお口開いて。ねー、いい天気だねー。午後にまたお散歩いこうね。はい、まぶしい人は帽子かぶってー。えーこれきらいなの？　やあだあ、おいしいのに。子供をあやすような声だ。響きのいい職員たちの声に比べ、老人たちの声は密に絡まった木の根のように入り組んでいて、聞き取りづらい。

　その光景を眺めていた野田さんが唐突に、なにもわからなくなるのが幸福だ、と言った。

「そうかなあ」

「つるちゃんはどんなことが幸せだと思う？」

「好きな人と、ずっと仲良く暮らすこと」

「ずいぶんかわいいことを言うね」

　野田さんの声が笑っている。私は芋のくぼみに張り付いた泥をたわしで掻き落とし、野田さんの後頭部へ振り向いた。

「なにもわからなくなったら、野田さんが近くにいるかもわからなくなっちゃう」

「どうせそうなったら、さみしいとかそんなことも考えなくなってるよ」

当たり前のように言う声を聞いて、ふと、胸が粘りのある熱い感情で満たされた。めちゃくちゃに殴りたいような気分と、謝らせたい気分とが入り混じって重苦しく、痛い。泣きたいような気もした。

「誰もいない一人の場所から、やっと生まれたのに。子供の頃から、頭の中はずっと一人で、大人になってもそうで、最後にも一人だなんて、さみしすぎる」

自分の声じゃないみたいだった。私よりもずっとなにかを悔しがっている、知らない女の声だった。野田さんは少し目を丸くした。

「つるちゃん、どうしたの」

「わかんない」

「かわいそうに。いやなことでも思い出した？」

「私はこれっぽっちもかわいそうじゃないよ。野田さんがかわいそうって思いたいんだよ。そんなにラクしないでよ。もっともっと苦しくなって、一緒にいたいって思ってよ」

濡れた芋が指からこぼれた。野田さんはぽかんと気の抜けた顔をしている。見たこともない、自分にまったく関係のないものをいきなり投げつけられたような被害者っぽい澄んだ目をしていた。私は落とした芋を拾って家へ入った。時間をかけて芋の皮を剝《む》き、レンジで蒸してつぶし、炒《いた》めたひき肉を混ぜてコロッケのたねを作る。途中で野田さんが隣にやってきて、青菜のお味噌汁《みそしる》を作りはじめた。私たちは会話をしないまま、熱した油にコロッケのたねを差し入れる。

気づかなければ、それはないのだ。天井裏の箱、生きたねずみがもがくごみ箱。気づいてしまったら、そのままにはできない。夜中に目が覚めた。青暗い天井へ、閉じた襖《ふすま》の隙間から一筋の明かりが伸びている。隣の布団へ腕を伸ばす。ぬくもりはあっても感触がない。台所で、野田さんが起きているらしい。水でも飲んでいるのか、それとも小腹が空《す》いたのか。

放っておこうと目を閉じた瞬間、聞き慣れたとととと、が耳をくすぐった。しょっちゅうシートに捕まっているのに、どうしてねずみはいなくならないのだろう。寒くなるにつれて、ますます足音が増えている気がする。屋内に逃げてきているのだろうか。食品はぜんぶプラスチック製のボックスに仕舞ってあるので大丈夫だけど、糞や細菌でまわりが不衛生になるのが困る。

余計なことを考えたせいで眠れなくなった。温めた牛乳でも飲むことにして布団を押し退《の》ける。

台所へ続く襖を開けると、パジャマ姿の野田さんが裸足《はだし》のまま、台所の丸椅子に座って、手にした小さなものを見つめていた。紙のかたまりだ。鮮やかな緑色で、端っこがくしゃりとよれている。折り紙の亀だとわかるのに三秒かかった。顔を上げた彼と目線が合う。網膜が痛む。沈黙で、耳も痛い。きりきりと冴《さ》えた意識がどこまでも拡大して、隣のホームの老人たちの寝息も、少し離れた駅前の靴音も、その先に広がる真っ暗な山の葉擦れの音まで、聞こえてしまいそうな静けさだった。

「娘さんは、捨てられたことをずっと忘れない」

野田さんは黙っている。

「私と同じ」

そんなのわかってるよ、と低い声が言った。

「わかってない」

その折り紙は、もう整理されたはずではなかったのか。どうしてだろう。こんなことばかりだ。父も、母も、誰も整理しない。私はちゃんと捨てるのに。ちゃんと諦めるのに。床の冷気が足の裏から染みて膝の辺りまで硬くする。野田さんの足も冷え切っているに違いない。野田さんは手元へ目を戻し、亀をつまんだまま静かに寝室へ戻っていった。

足が凍りついたまま、どれくらいそうしていただろう。

かさ、とかすかな音がした。かさ、かさ、かさ。ビニールが風ではためいているような、ごくごく軽い音だ。音量自体はへたすれば気づかないほど小さなものなのに、鳴り止まないから、一度気づいてしまうとひどく耳に障る。かさ、かさ、かさ。

音は、ごみ箱から聞こえた。頭の一部がみるみる冷えていく。想像していたこわいことと、いやなことが実際に起こると、私は血の気が下がって冷静になるのだ。昼にシートを交換していたので、このねずみはもう半日近く、ごみ箱の中でもがいていたことになる。どうしよう。いくつかの方法が頭をよぎる。外に放したところで、すぐに家のどこかにもぐり込んでしまうだろう。潰したり、刺したり、そんな肉の感触が手に残るやり方は辛い。考えた末、庭で使っているバケツに水を張った。庭の蛇口からあふれ出した水は、氷のように冷たかった。殺菌効果や、少しでも早く殺せることを期待して台所洗剤を水面にしぼる。

ゴム手袋をしてごみ箱を開け、不審な音を立て続けるスーパーのレジ袋をつまんだ。結ばれていた口を開くと、強烈な糞尿のにおいがあふれた。二つ折りにされたシートを持ち上げる。重かった。端から、弱く宙を掻く前肢と尻尾がはみ出していた。息を止め、みぞおちに力を込めて水に沈める。

指先に、重い震えが伝わる。いつだって、たくさんのものが痛みと恨みに震えてきたのだ。ただその振動に気づかないようにしていただけだ。泡の混ざる水面を見つめ、二百数えて引き上げるとねずみはもう動かなかった。またレジ袋に戻して口を縛り、一度手を合わせてごみ箱へ入れる。バケツとゴム手袋を消毒し、念のために自分の手も肘まで入念に洗い流してから布団へ戻った。こちらに背を向けて丸まった野田さんは、まだ眠れていないのか息が浅い。あのバケツとゴム手袋はそれ専用にして、また新しいのを買ってこよう。思ううちにまぶたが落ち、音の絶えた台所と同じ静けさの眠りがやってきた。

それを見つけたのは偶然だった。閉店後、園芸コーナーの品出しを早めに終えて、キッチンコーナーの手伝いに回った際にたまたま見つけた。銀色の刀身がぬらりと光る出刃包丁で、朱色の柄には繊細な小花模様が彫り込まれている。価格は四千五百円。なぜだか気になって仕方がなく、まるまる一ヶ月迷った挙げ句、十一月の給料日に買った。野田さんには内緒にして、台所の引き出しの奥深くにしまい込んだ。

目が冴えてしまった夜に、ひっそりと取りだして輝く刀身を眺める。秘密が欲しかったのかもしれない。野田さんにとっての亀のように、一人で取りだして、愛《め》でて、ねぶっていられるものが、欲しかったのかもしれない。

山に近いせいか、十二月に入るとこの付近には雪が降った。

「つるちゃん起きなよ。また降ってきたよ」

休みの日に、昼まで寝ようとしたら途中で揺り起こされた。野田さんは雪が好きらしい。降ってくると、きまって一緒に眺めたがる。私は重たい目をこすって体を起こし、野田さんの膝へ寝転んだ。部屋の中は暖房がきいていて温かい。ガラス戸の向こうで、大粒の雪がじわじわと庭の畑を染めていく。

「菜っぱ、雪をかぶっちゃうね」

「いいんだ、雪の下でもっと甘くなるから」

「そうなの？」

「ちぢみほうれん草って見たことないか」

ジーンズの太ももに頬を預けたまま、気だるい心地で降り積む雪を眺めた。

「こんな風なものを、どこかで見た気がする」

「ん？」

「音がない中で、たくさんのものが動いていて、それをぼうっと見てる。眠たくなるぐらい、安心しながら」

「なんだか、良さそうな記憶じゃないか」

大きく乾いた手が肩で弾む。やるから、と伝えて以来、ねずみの後始末をするのは私の係になった。死んでいるならそのまま捨てて、生きていたなら水で殺してから捨てる。ごみ箱のふたを閉め、気休めに手を合わせる。どんどんねずみを殺すのに慣れていく私に、つるちゃん変わったね、と悲しくも嬉しくもないような顔で野田さんは言った。野田さんだって、変わっていく。最近はもう、私のことをかわいそうと言わない。半年経ったらそろそろ、という話だったのに、日払いの仕事を探す様子もない。代わりに夢の話ばかりする。僕がおにぎりや惣菜《そうざい》を作るから、それをちょうどいいカートにのせてさ、駅前で売るんだ。つるちゃんと一緒に。味噌汁も付けて。きっと儲《もう》かるよ。色んな人に喜ばれるよ。それで、だんだん店をでかくしていこう。

弱ったねずみみたいな睦言《むつごと》に頷きながら、私はちゃんと気づいている。最近、野田さんの財布の一番奥まったポケットには真新しい使いかけのテレフォンカードが差し込まれた。携帯を捨てたこの人が、覚えている番号は一つだけのはずだ。

「つるちゃん、キスしてよ。眠たくなってきた」

畳に手をついて起き上がり、野田さんと唇を合わせる。野田さんのことを、なんにもできなくてかわいそう、と少し思う。でも、ぜんぜんかわいそうじゃないのかもしれない。唇は相変わらず気持ちよくて、いい匂いがした。好きで、好きで、ただそれだけだったころよりも、一筋の憎しみがもぐり込んだ後の方が胸が痺《しび》れて熱かった。野田さんのことを大切にもできるし、めちゃくちゃに痛めつけることもできそうだ。手を離すのがもったいない、癖になる感じがあった。

「じゃあ、なにか読んであげる」

膝枕を交代し、文庫本の詰まった段ボール箱に腕を差し入れる。やらしいの読んでよ、と言われたので坂口安吾《さかぐちあんご》にした。開き癖がついていたらしく、本を開くとすぐに「私は海をだきしめてゐたい」という短編が目に飛び込んできた。きっと野田さんの好みの話なのだろう。そう見当を付けて読み始めた。

ひねくれた男が、不感症の元 娼婦《しょうふ》と住んでいる。女はとても美しい容姿を持っているのに頭が悪く、ケダモノのような浮気を繰り返してはそんな自分の業に苦しんでいた。男はそんな女の苦しみと、美しいくせに反応のない無感動な体を愛でていた。どうして自分はこんな歪《いびつ》なものに惹かれるのだろう、と自問自答を続けた男は、最後には執着の対象を、さんざんおもちゃにした女から、より無感動で、無慈悲な美しさを見せる荒れた海へと切りかえる。そんな話だった。

「あいかわらず、ひどい話が好きだねえ」

「美しいだろう？　人間の悲しみの本質を描いているんだ」

私のお腹に唇を当てたまま、野田さんはうっとりと気持ちよさそうに笑っている。私も笑う。にんげんのかなしみのほんしつ？　また野田さんが感傷的になっている、とおかしくなって笑う。でも、こういうものだったのかもしれない。私も、野田さんが好きだったのではなく、野田さんが象徴するものが好きで、ここまで来てしまったのかもしれない。

大粒の雪が庭を染めていく。野田さんは膝で寝息を立て始めた。それから雪は細々と年末まで降り続け、薄い灰色の雲が長く町を覆った。

次に晴れたのは、元日の朝だった。久しぶりのまぶしさに惹かれてカーテンを開けると、洗ったように晴れた青空が雪に埋もれた町を輝かせていた。初売りはたまたまシフトから外れることができたので、雑煮を食べながら正月番組を眺め、こたつでごろごろ過ごすことにする。食後、天板の上の蜜柑《みかん》を転がしながら、野田さんが「少しは正月らしいことをしようか」と言った。

「たとえば？」

「書き初めとか」

「筆と半紙、買ってこようか」

「門松もつけるか」

「うーん」

こたつが温かくて、なかなか外に出かける決心が付かない。うろうろと考え込むうちに、目線が押し入れに吸い寄せられた。

「はねつきしよう」

「ええ？」

「ちょっと待ってて」

押し入れを開けて中の布団を取りだし、中段に足をかけて伸び上がる。ねずみ捕りシートに気をつけながら奥へ押しやった箱に手をかけた。前はずいぶん重く、抱えるのに苦労した覚えがあるのに、今はもうすっかり軽い。中身を整理したおかげで簡単に持ち上げられる。畳の上に下ろし、中からバドミントンのラケットとシャトルを取り出す。

パジャマの上に半纏《はんてん》をはおった野田さんは顔をしかめた。

「よりによってそれかい」

「やろうよ、楽しいよ」

「つるちゃんはほんとによくわからないな。強いんだか弱いんだか」

「強いよう。ねずみだって片付けるし、野田さんより、もう、ずーっと強いよ」

はしゃぎながら雪の積もった庭へ出て、畑を踏まないよう気をつけつつシャトルを空へ打ち上げた。

小銭でも賭けようか、と野田さんがのんびり言う。

「勝ったら、なんでもお願いを一個だけ聞いてもらえることにしよう」

「大きく出たなあ」

ぱしん、ぱしん、と心地よいラリーが続く。青空に白い羽根がきらきらと光る。

私たちにばちは当たらない。借金取りも警察も来ない。それは私たちが神様に許されたからではなく、ただ野田さんの奥さんが逃げずに元の場所に留《とど》まって、夫を待っているからだ。野田さんの失踪とほとんど同時に行きつけの飲み屋の女が消えたことなんて、少し調べればいくらでもわかるはずだ。居所を突き止めるなんて簡単だ。

そんな当たり前のことを、どうして考えなかったのだろう。私も野田さんも、とっくに気づいていたはずだ。そして野田さんは、今度は私を捨てて奥さんの元へ帰ろうとしている。数十年後には、長い夫婦の歴史のちょっとした危機の一つとして片付けられる。忘れられる。

このラリーが終わったら、朱色の柄の包丁を天井裏の箱に入れて置いていくのと、その包丁を半纏の背中に突き立てるのと、どちらにしよう。

シャトルがどちらの地面に落ちたとしても、整理が得意な私は、とても上手にやり通せるはずだ。そんなことを考えながら、光る空の下ではねつきを続けた。

ゆすらうめ

広めの和室が二つに台所、風呂、トイレと納戸。そんなどこにでもありそうな、ぼろくて古い家だった。真ん中あたりの色が薄くなった廊下は踏み出すたびにぎしぎしと軋《きし》み、黒ずんだ柱には小刀だったりボールペンだったり、犬猫の爪痕と思われるものだったり、大小の傷がいくつも刻まれている。

「大家が早く借りてくれる相手を探していたみたいでさ。男二人で住むっつっても、ぜんぜん詮索されなかったわ」

清吾《せいご》はそう言うと早々に段ボール箱を開き、持ってきたカーテンを和室のカーテンレールに吊《つ》るし始めた。庭へと通じるガラス製の引き戸を覆っていく。俺は適当に畳に腰を下ろし、庭の景色を眺めた。隣の敷地から生垣を越えてこちらに伸びた桜の枝が、さらさらと雪のような花びらを黒い地面に零《こぼ》していた。

「……ゲイのカップルだと思われてた？」

「どうだろう？　下手なこと言うとボロが出るし、俺からはなにも言わなかった」

「着いてすぐにカーテンをかけると、後ろめたいことがあるみたいじゃないか？」

「なんだよ、やめとく？」

「いいよ、そこまでかけたんだ。やっちゃえよ」

顎をしゃくってうながすと清吾は肩をすくめ、やりにくそうに太い指を曲げて残りのフックをレールに引っかけた。右側のカーテンを吊るし終えたら、続いて左側も。ゆるゆるとひだを作った二枚の布に挟まれて、なんだか舞台のワンシーンみたいな作り物っぽい美しさで、桜は花びらを落とし続けている。こんな柄にもないことを考えるなんて、なんだか腑抜《ふぬ》けになった気分だ。頭の芯が、ふわふわと軽い。

清吾は作業を終え、こちらへ振り返った。

「いっそカップルだってことにした方が、あれこれ勘繰られなくていいのかね。金を貯めて二人で起業するために引っ越してきました的な話を仕立ててさ」

「……目立つだろ」

「目立つのはもうしょうがないだろ」

「なんだかなあ」

「なに」

「……よくわからない。どうでもいい」

助けてくれ、と清吾に言った。その日から、まるで自分のものじゃないみたいに心も体も、なにもかもが軽い。

横倒しに畳へ崩れた。ここのところ毎日眠い。眠ってばかりいるものだから、起きていても夢の中にいるような、夢の中の方が現実っぽく感じるような、変な感じがとれない。むしろ俺は本当に起きているんだろうか。それまでのすべてから逃げ出して幼なじみとこんな古い家で暮らし始めるなんて、そっちの方が夢みたいだ。移動中のタクシーでほんの十分うたたねして見るような、安っぽくて無意味な夢。

清吾は吊るし終わったカーテンに手をかけ、しかし一度こちらを振り返るとその手を離し、もう一組のカーテンを持って隣の部屋へ向かった。

今の状態が夢だったとして、一体どこが夢の始まりだったのか、思い返してもよくわからない。清吾のタクシーに乗り込んだときか、それともカウンター越しの男の背中に向けて引き金を引いたときか、それとも安条《あんじょう》に呼び出されたときだったのか。

兄貴分である安条が事務所に来るなんて珍しい、と緊張しつつ向かったら、駐車場で出会って早々に、グローブみたいな手で頭をつかまれ、コンクリの壁に顔面を叩《たた》きつけられた。激烈な痛みに続き、トマトみたいにへしゃげた鼻から生温かい血があふれ出す。口の中が塩っ辛い。

「半端しやがって、何度目だ」

「……は」

安条は俺とそう背丈は変わらないが、空手だか柔道だか長く武道をやっていたとかで、硬くぶ厚い体つきをしている。動作の一つ一つが重く、強制力に満ちていて、押さえつけられた頭はぴくりとも動かせない。

俺が管理を任されていた風俗店のオーナーが、貸していた金と贔屓《ひいき》の女を抱えてばっくれた。殊勝で、よく懐いた犬のように従順な男だった。他に手のかかる店があったため、そちらばかり気にかけて油断していた。

安条は俺の頭蓋骨をぞりぞりと壁になすりつけ、きれいな円を描くように赤褐色の血糊《ちのり》を塗り広げた。痛い。皮膚が削れて、顔が火で炙《あぶ》られているみたいに痛くて、息が出来ない。

「すぐ……追いかけ、ます」

「阿呆《あほう》。てめえなんぞに任せられるか。前にも追い込みしくじって警察に駆け込まれたのを忘れたか」

てらてらと光るアスファルトに投げ捨てられる。起き上がろうとするも、すぐさま後頭部に革靴の底が降ってきて杭《くい》を打つように潰された。どんな暴力を働いても安条の声は穏やかなまま、揺れることがない。顔つきも、サラリーマンだと言われたら誰もが信じるだろう凡庸かつ温和な雰囲気がある。

「金も稼げない、言われたこともこなせない、舐《な》められる、逃げられる。お前、なーんにも出来ないのか。金をザラッザラばらまくだけか。慈善団体じゃねえんだぞ」

「すみません……」

「すみませんじゃねえよ、迷惑だっつってんだよ」

なぜあんなに命知らずなことが言えたのか、今でもよくわからない。ふっと、まるで虎の前肢で押さえつけられたねずみが、ほんのわずかな爪の隙間から駆け出すように、気がつけば口から漏れ出ていた。

「……き、消えます……もういなくなります……」

「へえ、さんざ迷惑かけて足抜けしたいってか」

頭を押さえる革靴に力がこもり、そのまま左右に揺らされて、押し潰された鼻の軟骨が嫌な感じでグニャグニャと動いた。

ああ、やっぱりあれは夢だったんじゃないか。自分の鼻があり得ない動き方をするのを感じながら、俺は自分の体が人形みたいだと思っていた。安条がいくら蹴っても殴ってもなにも感じない、木に布をくくりつけたぼろい人形。なにをしてもいいもの。なにをしてもいいものだから安条はこうするのであって、今、現実に、なにもおかしなことは起こっていない。でも、そう感じたのはあれが初めてではなかった。だから悪い夢の始まりはもっとずっと前だ。ずっとずっとずっとずっと。しばらく黙り込んでいた安条がハッと息を吐いた。

「まさか、このまますんなり抜けられるなんて思ってないだろうな」

鉄砲玉なんて流行《はや》んないんだけど、まあお前の半端な人生なんか、そのくらいしか使い道ないもんな。リサイクルだリサイクル。俺は相変わらず人形みたいに伸び広がったまま、だらだらと垂れ流される指示を理解しようと必死で意識を集中させた。

「ひどいよなあ大家の親父」

「え？」

「いや、さっき言ったじゃん」

「なにが」

「だから、事故物件なんだって」

コンビニで買ったアルミ鍋のうどんを大口ですすり、清吾は割り箸の先をひょいと持ち上げた。気がつけば俺も似たようなうどんを前に、半割りにされた椎茸《しいたけ》を箸でつまんでいる。清吾は生活の九割をコンビニに依存して生きているため、冷凍庫には大量の冷凍うどんや冷凍パスタ、惣菜類が突っ込まれている。

「やけに住まわせたがってたなと思ってさ。お袋の様子を見に行ったついでに、老人ホームのスタッフさんに探り入れてみたんだよ。そしたらここ、前の住人が死んでんだって」

「ふーん」

「お、さすが平気そう」

「まあ、なあ」

「あったまきて大家に詰め寄ったら、家賃をさらに安くするから半年は引っ越さないでくれってさ。ある程度俺たちを住まわせておけば、次の入居者には説明義務がなくなるってことなんだろうな」

「大野《おおの》は幽霊怖いのか」

「超怖いよ。俺、お化け屋敷すら入ったことないもん。初めてつかもっちゃんを連れてきてよかったと思ったわ」

くだらなさに思わず笑う。椎茸を口に放り込み、続けてやけに太い麺をすすった。強すぎるくらい人工的な鰹《かつお》の風味が鼻に抜ける。

「死んだ奴なんかぜんぜん怖くねえよ」

「生きてる奴の方が怖い的な？」

「そりゃそうだ。死んだ奴は、負けたから死んだんだ。どうせ幽霊になったって、弱くて大したことない奴だよ。二度と出てくんなっつって、ぶちのめしてやればいい」

「怖いよ。発想が完全にあっち側の人だよ」

「そうだよ、怖いよ」

アルミ鍋の端に口をつけ、甘く魚臭いだしを吸い上げる。

「怖いのになんで連れてきたんだよ」

問いかけに、清吾は少し首を傾けた。

「俺、たぶんつかもっちゃんに借りがあるから」

「借り？」

空になったうどんの容器を短く眺め、清吾はなにも言わずにローテーブルの上を片付けた。


細い川を、足を伸ばしてひょいとまたぐ。もうあちらの町へは帰れない。たいして好きなわけでもなかったのに、帰れなくなると途端に惜しい。引き金を引いた直後、そんな居心地の悪い感覚がよみがえった。

それまでにも十分に汚れた仕事をしてきたくせに、考えてみればその瞬間までずっと、俺は自分がまだ川をまたいでいないつもりでいたわけで、安条が「半端野郎」と侮蔑を込めて俺を殴ったのもわかる気がする。

準備中の札がかかった店のカウンターに入っていたのは、顔も名前も知らない中年の男だった。だいぶ酔っているらしく、顔が赤黒い。夜通し客に付き合って飲んでいたのだろう。俺に気づくと、すぐさま身を翻してカウンターの奥に向かって手を伸ばした。銃を持っている。ざっと全身の毛が逆立ち、なにかを思うよりも先に背中に銃口を向けて引き金を引いた。

安条が寄越《よこ》したサプレッサー付きの拳銃は、しぱっと空気が噴き出すような不思議な手応えがした。すぐに男の体が強《こわ》ばり、ねじれながらぐらりと傾く。二発三発と撃ち込むうちに、男は完全にカウンター内に崩れ落ちた。

発砲音、男の悲鳴、カウンター内の瓶や食器が落ちる音、様々な音がしたはずなのに、なにも聞こえなかった。なぜか、小学校の職員室の隣に置かれた緑の公衆電話を思い出した。なんの音もしない受話器を耳に当てて、銀色のボタンに彫り込まれた数字を見つめていた。ああ、やってしまった。殺してしまった。俺はここから逃げ出したかったのに、そのために川を渡ってしまった。

もう帰れない。

三秒ほど呆然《ぼうぜん》として、店の裏口から外に出た。

爽やかな水のような朝の空気がまぶたに触れた。安条に指示された通り、店のそばの植え込みの陰で目出し帽と手袋を脱ぎ捨て、隠しておいたショルダーバッグから百貨店の紙袋を取り出した。拳銃と帽子と手袋をまとめて紙袋に入れ、近くのアパートの郵便受けに突っ込む。

「次に顔を見たときはどんな事情だろうとぶっ殺すから。逃げろよ。遠くへ行け。お前みたいに半端なやつが最後にどうなるのか確かめてみろ」

歌うような安条の声が耳にこびりついている。俺は綿密な逃走経路を考えていた。電車を乗り継いでここで一泊して、次の日には飛行機に乗り込んでこの国に逃亡して、と、それなりの道筋を調べて偽造パスポートも用意しておいた。

それなのに人で賑《にぎ》わう駅前に辿《たど》り着いた途端、急に頭がおかしくなった。

どこにも行きたくない。

もうどこにも行きたくないし、なんにもやりたくない。

俺が高校生の頃、男のところを渡り歩いていた母親が覚醒剤の所持と使用で捕まり、噂《うわさ》が広がって、卒業後もまともな勤め先が見つからなかった。物心ついた頃には父親はいなかった。家にはいつも金がなかったし、母親の姿も滅多に見なかった。安条の下についてからも嫌なことばかりして、嫌なことばかりされた。誰に会いたいわけでも、なにがしたいわけでもない。出来るならただ、ぼうっと座っていたい。

でも、ここから離れなきゃならない。捕まるし、うろうろしているところを見つかったら今度こそ安条に殺される。それで、駅前のロータリーに停《と》まっていたタクシーに乗り込んだ。

「どちらに行かれますか」

若い、同じくらいの年齢の運転手の溌剌《はつらつ》とした声を聞いて、そうだこいつを殺そうと思った。尻ポケットにはいつも折り畳みナイフを差し込んである。遠くまで走らせて、ひとけのないところで刺して殺そう。そうすれば、しばらくなにも考えずにぼうっとしていられる。

「あの」

男が振り返る。よく馴《な》れた大型犬を連想させる、穏やかで少し間の抜けた顔立ち。垂れ気味の眉の形が、記憶の糸を引っ掻いた。助手席の前に置かれた運転手の名札を見る。大野清吾。おおのせいご。

「……大野？」

「はい？」

「大野って、第三小の？　大野清吾？　……俺、覚えてないか。塚本だ」

俺の顔はまだ安条に大根おろしにされた傷が残っていて、全体的にまるで皮膚炎にかかったように赤い。清吾は怪訝《けげん》そうに眉をひそめ、やがてぽつりと、語感を確かめるように呟いた。

「つー……つかもっちゃん？」

「そう」

「えー！　なんてこった。マジか、すごいな。こんなとこで会うなんて」

「高校ぶりじゃん。あ、つか、ごめん。どこか行くんだよな。目的地は？　走りながら話そうぜ」

「ああ」

清吾はハンドルに片手を乗せ、安定した社会人らしい笑顔を浮かべた。仕事をして、食って、暮らして、そんな毎日になんの不安も持っていない、なんとかなった男の顔だ。同じときに同じ教室にいたのに、俺は全然なんとかなっていない。だから、息をするように嘘がつける。

「た、助けてくれ」

「え？」

「助けてくれ。殺される。人を殺せって言われて逃げてきたんだ。少しでいい、かくまってくれ」

嘘なのに、両目からぼろぼろと涙があふれた。母親似の甘ったるい顔と、ゆるい涙腺は俺の数少ない武器だ。これで今までに何人もの女から金を借りて踏み倒してきた。俺のためにとほだして風俗に沈めたこともある。泣こうと思えばいつだって泣ける。一時間でも泣き続けられる。

清吾はぽかんと目を見開き、やがて手元をばたつかせながら急いで車を発進させた。

それからしばらくの間、清吾のアパートに隠れていた。バーの発砲事件は連日ニュースで報じられ、しかし数日のうちになぜか大陸系マフィアの内輪揉《うちわも》めという筋書きが押し出されるようになった。どうやら凶器の拳銃が関係者の車から押収されたらしい。安条からは知らされなかったものの、報道された名前に見覚えがあり、あの男が長らくうちの組織と小競り合いを繰り返していた詐欺師だとわかった。

わかったからと言って、今さらなんの意味もない。

清吾はいつも青い顔をして帰宅した。

「扉を開けたらつかもっちゃんが中で血まみれになって死んでるかもって思うの、毎日すごく心臓に悪いわ」

「……悪かったな」

「やっぱり引っ越そうかなあ」

若年性の認知症にかかり郊外の老人ホームに入居している母親が気になって、もともと清吾は施設の近くに引っ越すことを検討していたらしい。正直なところ遠くに逃げられるに越したことはなかったけれど、俺は口を挟まなかった。数週間後、借りてきた軽トラに家財を運び込み、俺たちは都心を後にした。

近くっつってても真隣に住むことはなかったんじゃないか、と生垣越しに流れてくるしゃがれた歌声を聞きながら思う。まあ、清吾は二部屋以上の少しでも安く住める物件を探していたようだったから、たまたま事故物件で破格の値段になっていたこの家に決めたのだろうが。毎日毎日、午後になると老人たちは庭に出て、職員に先導される形で小一時間ほど合唱を行う。歌われるのはほとんどが古い歌謡曲で、うまいわけでも知っているわけでもない歌を延々と聞かされるのは苦痛でしかなかった。

苦痛でも、気晴らしに出かけられるような立場ではない。そっと、閉ざしたままのカーテンをめくって庭を覗く。家の側面に沿う形で設けられた細長い庭には青々とした雑草が生い茂っている。草の海のあちこちで場違いなほど鮮やかな花や、小ぶりの野菜が飛び出している辺り、前の住人はそれなりに園芸を楽しんでいたらしい。あいにく俺も清吾も植物には詳しくない。庭もこのままだろう。

隣の生垣、物陰、と周囲を軽く見回しても、特にこちらを窺《うかが》っているような人影はない。ただ、安条が後始末をしてくれたとはいえ、警察なりマフィアなりが俺を追っている可能性は少なくない。のこのこと出歩くのは不用心だ。

じゃあ、逃亡者って、なにをすればいいんだ。照明をつけていないため、薄い影がかかった天井を見上げる。ずっとこうして家の中にこもっているのか。残りの人生、ずっと？　室内飼いの猫みたいに清吾が運んでくるコンビニ飯を食いながら？

無性に馬鹿馬鹿しく感じ、ショルダーバッグから茶封筒を取り出した。犯行前に引き出しておいた百万ちょっとの有り金から一枚を抜き取り、三百円しか入っていなかった財布に入れる。清吾の服を借りて、昼下がりの町へ歩き出した。

平日の午後ということもあって、出歩いているのは老人か子連れの母親が多い。なんにもないしけた田舎町で、通りの商店のほとんどがシャッターを下ろすか潰れているなか、コンビニ、スーパー、ドラッグストア、ホームセンターなど全国チェーンのお決まりの店舗だけが原色使いの目立つ看板をでかでかと掲げている。

コンビニで週刊誌を購入し、続いて適当な床屋に入って髪を明るい茶に染めてもらった。意味はないかもしれないが、多少は外見を変えておいた方が気が楽になる。染髪の間に週刊誌をめくってみたところ、世間はとっくにチンピラ同士のうさんくさい発砲事件など忘れ、芸能人のスキャンダルを追いかけていた。

ついでに全体を短く整えてもらい、さっぱりして床屋を出ると、よくわからない充実感があった。周囲を見る限り町はどこまでも平凡で、特に怪しい車や人影は見当たらない。まあ、実は尾行されていて、次の曲がり角で突然殴りかかられて拉致されるなんてこともあるのかもしれないが。

そもそも俺は清吾を殺そうとしていたのだ。どこか遠くまで走らせて、後ろから首をナイフでぶっ刺す。そのあとのことなんて考えていなかったし、あのままふらふらと実行していたら今頃とっくに逮捕されていただろう。すでに投げ捨てた人生なら、この先の日々は余分というか、楽しみこそすれ惜しむようなものではないのかもしれない。楽しむとか、馬鹿みたいだな。そこまで考えて、口が歪《ゆが》んだ。どうせこんな日々は続かない。構えていても、だらけていても、地獄の入り口は勝手にやってくる。ビルから飛び降りた人間がコンクリに叩きつけられるまでに見る夢みたいなものだ。

スーパーで適当な刺身と焼き飯、ビールを二人分買って帰った。夕方に帰宅した清吾は俺の髪を見てまず「外に出たんだ」と目を丸くし、さらにテーブルの刺身を見て「金もってたの」と重ねて驚いてみせた。

「これ、とりあえずしばらく世話になる分」

テーブルに分けておいた二十万をのせ、清吾の方へ押しやる。すると清吾はあぐらに両手を入れたまま、しばらく黙り込んだ。

「なんだよ、受け取れよ」

あまり負担をかけると、役所や警察に相談するなど予想外の行動をとられかねない。ただでさえ引っ越しと母親のホームの費用とで清吾には余裕がないはずだ。新しく勤め始めたタクシー会社も、都内より基本給が低いとぼやいていた。こんな奴が、昔なじみとはいえ、うさんくさい同年代の男をかくまうという時点でなにかがおかしいのだ。

清吾は梅干しでも食べたような顔で、ゆっくりと二十万を俺の方へ押し戻した。

「い、いらなーい」

「はあ？」

「うまく言えないんだけど、いらん」

「なんなのお前。やっぱりゲイなの」

「お前、俺がアニメの美少女好きなの知ってんじゃん。コレクション見ただろ」

「いや、知らねえし。気味が悪い」

「とにかく、今はいいよ。この先つかもっちゃんの方で必要になるかもしれないし」

「この先なんかねえよ」

口に出してから、やめておけばよかったと思った。清吾が少し傷ついた顔をしたからだ。居たたまれず、ため息をついて金をしまう。

「なんなんだよ、わけわかんねえ」

「すまん」

「足んなくなったら言えよ。俺だって、金に困ったから出ていけっていきなり言われても困るんだ」

「言わねーよ」

清吾は肩をすくめ、テーブルの上の料理に目をやった。

「すげえうまそう。食いたいんだけど」

「さっさと食えよ」

タブを起こしたビールをそれぞれあおり、乾き気味のマグロを醤油《しょうゆ》に浸した。

深夜、誰かが近くにいるような気配を感じて目が覚めた。まさか清吾の野郎、と一瞬血の気が引くも、周囲に人影はない。青暗い天井と、脇に寄せられたローテーブルの端が目に入る。襖で遮られた奥の和室からは、軽いいびきが響いている。

なにもいない。だけど、誰かに顔を覗き込まれている感じがした。少し考えて、この家で過去に起こったことを思い出す。

「なんだ、本当に成仏出来ないでうろついてんのか？　呪うでも殺すでも勝手にしろよ。どうせ俺もそのうちそっちに行くんだ」

呼びかけても、幽霊はまったく姿を見せない。めんどくさくなって目を閉じる。眠りはすぐに訪れ、あっというまに朝が来た。

週末に、清吾の母親が一時帰宅する話が出ているらしい。

「つっても、俺が休みの日曜だけなんだけど。だんだん症状が進んできてるからさ、寝たきりになっちゃう前にちょっとでも家族で過ごした方がいいだろうって」

いいかな、と清吾は口を曲げて少しすまなそうに聞く。俺は「お前の家だろ」と肩をすくめた。

「お前の母さん、若年性認知症だっけ」

「うん。はじめに脳梗塞になって、そこから始まったんだ。看護師で、めちゃくちゃ働いてた時期に突然バタン。倒れたのが職場の休憩室じゃなかったらそのまま死んでた」

「医者の不養生どころじゃねえな」

「家を買いたかったんだよ。離婚のときに元いた家を追い出されてから、誰にも追い出されない家が欲しいって母親の口癖だったもん。モテない俺のとこに来てくれる女の人ならどんな人でも好きになる自信があるから、二世帯住宅にして、嫁をいびんない優しいばあさんになって、毎日孫と一緒に遊ぶんだって、馬鹿みたいな夢のマイホーム計画。まあ、そのあと色々あって、症状が出てからは俺一人じゃ世話できないし、結局母親が貯めてた金を丸ごと使って、ホームに入ってもらうことになったんだけどさ」

「世の中くそみたいな話ばかりだよな」

「ははは」

清吾は笑いながら背広に袖を通し、ふと、こちらを振り返った。

「あれ、そういえば、つかもっちゃん俺の母親知ってる？　見たことある？」

「ある。小学校の頃だけど」

小柄でぼんやりした顔立ちの、地味な人だった。今でもよく覚えている。授業参観が行われた書道の時間、清吾の母親は他の親のように横から口を出すだけでなく、背中を丸め、息子の手に自分の手を添えて丁寧に書き方を教えていた。

父親のいない家庭で、古くて狭い団地に住んでいて、と俺と清吾の家庭環境はよく似ていた。だけど両親がそろい、美しく広い家に住んでいる他の同級生の誰よりも、俺は清吾がうらやましかった。俺の母親はその時々の「新しいお父さん」とやらを追いかけまわすのに忙しく、一度も授業参観なんか来なかった。

「あー」

「どしたの」

「いやなこと思い出した」

「はあ」

「早く行けよ」

支度を終えた家主を玄関へ向けて蹴り出す。ひでえ、俺んちだっつったのに、と文句を言いながら清吾は出て行った。胸焼けする心地で汚れた衣類を洗濯機に突っ込み、洗剤を入れてスタートボタンを押す。そのまま無心で掃除機をかけ、風呂場の排水口まで掃除した。

手持ちの金を使い切ったら死ねばいい。そんな感じでいたのに、先日の清吾の顔を見て目的のない消費がしづらくなった。パチ屋に行くのも飲み屋に行くのも気が晴れず、最近は暇つぶしを兼ねてこうして目についた家事をこなしている。まあ、家事はやればやるほど暮らしが快適になるので、損はない。ただ、このまま金を使い切らずに追手に捕まったら、それはそれでなんだか間抜けだ。

脱水の終わった洗濯物を干そうとプラスチック製の籠に入れて庭に運んだところ、雑草が生い茂った地面に真っ白なタオルが落ちていた。端に「ニコニコひまわりホーム」と青字で印刷されている。

あとで清吾に渡すか。それとも見なかったことにするか。探しに来られたらどちらにしても顔を合わせることになる。居留守……いや、これまでだって抑えることなく生活音を立ててきた。無意味だし、かえって怪しまれる。うろうろと考え、そう迷うことすらめんどくさくなってタオルをつかむ。髪を手櫛《てぐし》で整え、首周りの伸びていないTシャツに着替えて家を出た。

お隣のニコニコひまわりホームは外壁が明るいクリーム色で塗られた四角い建物で、敷地の四分の一ほどが背の高い生垣で囲まれた庭になっている。四階建てか五階建ての、割と大きな施設だ。一階の談話室の壁がガラス張りになっていて、通りからでも老人たちがぼんやりとお茶を飲んだり、テレビを観《み》たりしている姿が見える。

正面の自動ドアを抜け、下駄箱で深緑色のスリッパに履き替えてから左手の受付カウンターを覗いた。カウンターの奥にはいくつも机が並べられ、スタッフが席について仕事をしている。数秒それを眺めていると、近い席についていたスタッフが俺に気づいて腰を浮かせた。長い黒髪をうなじで一まとめにした、黒目がちな目と唇から覗く前歯がリスを連想させる若い女だ。

「すみません、お待たせしました」

「これ、うちの庭に落ちてて」

言って、タオルを差し出す。女はきょとんとした顔で俺を見たまま動かない。反応が鈍いので、ホームの名前が印刷されたタオルの端を見せた。

「あ……やだ、ごめんなさい。わざわざありがとうございます」

顎を引いて受付を離れると、背後からやけに大きな声で呼びかけられた。

「あの、この辺りの方ですかっ？」

心臓がびりっと嫌な感じで軋んだ。なんだ、なにか怪しかっただろうか。俺の顔で手配書でも回っているのか。落ち着け、普通に、表情を崩すな、と念じて振り返る。

「……はあ」

「あ、ごめんなさい。近所の方ならよくお散歩のときにお会いするので、もしかしてまた、と思って」

この女が一体なにを言いたいのかさっぱりわからない。要するに俺が本当に近所に住んでいるか疑っているということか。

「隣の、庭を挟んだ反対側です」

「隣……あ、もしかして文恵《ふみえ》さんの！　ええと、息子さん……大野清吾さんと一緒に住んでるいとこの方ですか」

初耳の設定に黙って頷く。すると女はやけにはしゃいだ様子で身を乗り出した。

「私、大野文恵さんの担当をしている鈴波顕子《すずなみあきこ》と言います。どうぞよろしくお願いします」

どうやら不審に思われたわけではないらしい。ようやく正面から目を向けると、顕子は嬉しそうに俺の顔を見ていた。最近やっと擦り傷が治り、赤味が引いてきた俺の顔を。まるで全身に小さな花を咲かせたみたいな華やぎようだ。一拍遅れて理解する。

この女はなにも考えていない、ただの馬鹿な面食いだ。俺の顔にあっさりと引っかかっている。きっと実家で大切に育てられ、親の目が行き届く地元で就職を決めて、世間の悪意などひとかけらも体感しないまま大人になったのだろう。こういう世間知らずで夢見がちな女を、よく架空のスカウト話で引っかけては大金を巻き上げたものだ。

でも、こいつは使えるんじゃないだろうか。見るからにおしゃべりで、物事を良いように解釈しそうな女だ。

「おばさんがお世話になってます」

少し笑いかけただけであからさまに顕子の目線が泳ぎ、手元のボールペンへ落ちて行った。ふ、文恵さん、もうすぐ一時帰宅ですね。困ったことがあったらいつでも連絡してくださいね。目線が合わないまま早口でつむがれる言葉に相づちを打ち、カウンターへ歩み寄る。

「基本的には清吾が世話をすることになってるんだけど、たぶん俺が一人で様子を見る時間もあるだろうから。気をつけた方がいいこととかあるかな」

奥のテーブルに、身体介護のワンポイントと書かれたパンフレットが置かれているのを見越して語りかける。顕子はすぐにいくつかのパンフレットと、施設の連絡先が入ったカードを持ってきた。

「文恵さんの状態でしたら、こちらの車椅子の案内と、入浴や排泄《はいせつ》、口腔《こうくう》ケアなどお世話の仕方をまとめたプリントがあるので、目を通していただければ……あ、あと、お引き渡しの際にも、ちゃんと説明させていただきますね！」

「ちょっと、ボールペン借りていいですか」

「どうぞ」

顕子はセロハンテープで軸の補強がされたボールペンを恥ずかしそうに差し出す。俺は渡された資料を確認するふりをして、受付に置かれていた利用者向けの意見カードにスマホの電話番号を書き込み、ボールペンと一緒に顕子へ返した。

「週末までに読んでおきます。ありがとう」

顕子はメモを見たまま、呆然としている。俺はもらった資料を手にニコニコひまわりホームを出た。

電話は、ほんの数時間後にかかってきた。

待ち合わせたファミレスで、顕子は厳しい両親に反発して育った退屈な学生時代を語り、続けて訪れた彼女の部屋では、右乳首の横の大きなほくろが二十一年の人生でいかにコンプレックスだったかをまるで世界の終わりみたいな顔で語った。人に見せるのは初めてだというそのつまらないほくろを舐めながら、俺は今後この女から引き出せる金額について考えていた。マルチも風俗も芸能詐欺も使えないとなると、だいたい天井が見えている。不便だなと思い、続けて、あんなに向いていないと思っていた業界を一瞬でも惜しんだ自分が信じられなくなる。

でも、俺には昔からそういうところがあった。いつだって今いる場所から逃げたくなる。逃げた先はだいたい逃げる前より状況が悪い。そうわかっているのに、ふっと気がゆるんだ瞬間に逃げてしまう。逃げてから後悔して戻りたくなる。堂々巡りで、だから、清吾を刺そうと思ったあの駅前でどこにも行きたくなくなったのは、当たり前と言えば当たり前のことだった。

どこにも行きたくないのではなく、どこにも行けないのか。きつい原色の、長く見ているとき目がチカチカしてくる花柄のカーテンを眺めて思う。狭い、一人暮らしの、いいカモになる女の部屋。こんな部屋に何度も来た気がする。何度も出て行って、そして何度も戻ってくる。美しい顔と体で男にたかって生きていた俺の母親も、同じどん詰まりにいたのかもしれない。

親から離れたいと思っていること、田舎町の暮らしにうんざりしていることを踏まえ、近々都内にカフェをオープンする予定で資金を集めてるんだ、顕子ちゃんも一口乗らない？　しっかりしてるしフロアマネージャーになってよ、などと泡みたいな話を持ちかける。顕子はきゅっと唇を噛《か》んで、毎月給料から貯金用に分けているのだという四万円を差し出した。

日付が変わる頃に帰宅すると、清吾は仕事着のまま、青ざめた顔で玄関までやってきた。

「ただいま」

「どこ行ってたんだよ」

「ん、ちょっと」

「誰かに捕まったのかと思って超びびったし。ちゃんと連絡しろよ！　あともう少しで警察に駆け込むところだった」

「だからって二十回も電話すんな。着信見て引いたわ」

「心配してたんだよ！」

新しいな、と唐突に思う。この家と清吾は、今までの暮らしにはなかった新しい要素だ。だから勝手がよくわからない。

「今日から俺、東京でいくつか飲食店を回してる資金集め中のプロデューサーだから」

「なんだそれ」

「聞いて驚け。超カモに会った」

居間のローテーブルには、清吾が用意したのだろうラップのかかった焼きうどんが置かれていた。ビール片手にそれをつつきながら、鈴波顕子との出会いからあっさりと信頼を築いて金を巻き上げるまでの道筋を笑いを交えて語る。いかに少ない労力で金を稼いだかは酒の席で一番盛り上がる武勇伝だ。それなのに話が終わる頃には、清吾の顔が出迎えたときよりもさらに青くなっていた。

「……俺は、今お前がしゃべったことが一から十までさっぱりわかんないんだけど……え、なんで？　鈴波さんって母さんについてるあの若いスタッフさんだろ。え、つかもっちゃんあの子のこと好きなの？」

「んなわけあるか。好きで選ぶならもっと美人選ぶわ」

「金に困ってんの？」

「困ってはいないけど、あるに越したことはないだろ」

「……好きでもないし金に困ってもいないのに、ナンパして、寝て、嘘の話で金を巻き上げて帰ってきたの？　なんで？」

「はあ？」

なんでと聞かれても、カモだったからとしか言い様がない。むしろこいつはなにを言ってるんだと信じられずに睨《にら》み返す。清吾はぎゅっと顔をしかめ、言葉を選びながらつっかえつっかえ切り出した。

「そんなことしてたら、誰にも信用されなくなる」

「は？　なに言ってんだ。こんな都合のいい話にあっさり騙《だま》される方が悪いんだろ。勉強料だ、勉強料。予防接種みたいなもんだ」

決まり文句がすらりと口をつく。清吾はひるみ、しかし奥歯を噛んで食い下がった。

「ひ、人を、傷つけて……嘘とか、将来的に傷つけるのがわかってる手段で金を稼ぐのは、だめだ」

「だめか。へえ」

ネズミ講のパンフレット、粉状の睡眠薬、金を持っている高齢者の名簿。思い返せば、様々な犯罪の痕跡が転がっていた団地の部屋を思い出す。「新しいお父さん」がいないとき母親がなにをして食いつないでいたか、もうなんとなくわかっている。

「俺はたぶんそういう金で育ったんだけど、じゃあ、俺は初めからだめか。人様に迷惑かける社会のクズで、ゴキブリか。さっすが、体壊すまで家族を守ろうとした天使みたいな看護師さんの息子は言うことが違うわ」

落ち込んで引くか、食ってかかるか。どちらにせよこんな茶番はおしまいだ。にやつきながら待っていると、清吾は目を見開いたままぴくりとも動かなくなった。動かないのに、顔の強ばりからなぜだか見えた。こいつの中の、よく日の当たった海みたいなものがざあっと迫り上がり、それがあふれるのをこらえているような、揺らぎが。

「……ほんとうざいわ。なんなんだよ。なんか言えよ、喧嘩《けんか》になんないだろ」

「……悪い」

妙にそろったタイミングでため息をつき、天井を見上げる。長い沈黙だった。天井の木目をつなげて顔を作り、そういや最近は幽霊の存在を感じないな、と関係ないことを思っていたら、清吾はぽつりぽつりと独り言みたいに切り出した。

「昔、そうだったのなら、なおさらそこから出ようよ……つかもっちゃんが、なんにも怖がんないで暮らせる方がいいよ。そりゃ、手段を選ばないより稼ぐペースは落ちるだろうけどさあ。今のやり方は、この先の未来を削って金に換えてるようなもんだ。だめだよ」

「この先なんか……」

ねえよ、といつかと同じセリフを言ってやろうとして喉で詰まる。代わりにもう一度長く息を吐いて、畳に仰向けに寝転んだ。

いいもの、と言われてまず初めに思い浮かぶのが、あの授業参観の景色だ。息子の手を支えてゆっくりと筆を動かす、地味な服を着た地味な女。金色のリボンを付けて教室に貼り出された、バランスの取れた「希望」の二文字。あの字はきっと、触ったら冷たい。うっすらと星のように光っている。

久しぶりに見た清吾の字は、相変わらず背筋が伸びていて美しかった。差し出された一時帰宅の同意書にサインを終え、清吾はテーブルの向かいに座った鈴波顕子に渡す。

「じゃあこれで」

「はい、ありがとうございます。それでは明日の朝八時まで、ご家族水入らずでお過ごし下さい」

顕子はにこやかに言って、清吾の背後に立つ俺にちらりと目を向けた。俺は目線を合わさない。初めて会ったときのように顕子の目は手元に落ち、そしてゆっくりと隣に座る老婆に向けられた。

老婆、というのがちょうどいい感じだった。小柄でふわっとした優しそうなおばさんだったのに、清吾の母親はすっかり老け込んで、皮膚はたるんで髪は灰色になり、なによりでっぷりと太っていた。とはいえ、清吾もだいぶ腹が前に出てきているので、太るのは単に遺伝なのかもしれない。

「それじゃあ文恵さーん、また明日ねえ」

耳元で大きく呼びかけられても、文恵さんの目はぼんやりとテーブルの真ん中辺りを漂っている。膝の横には杖《つえ》が置かれている。外では車椅子だけど、家の中なら杖をついてゆっくりと動ける。ただ、本当にゆっくりと、膝をぶるぶる震わせて、にじるような速度で。

俺の希望、だった人は、夢を失い、体の自由も失って、こんなガマガエルみたいなくたびれた婆《ばあ》さんになってしまった。すごく不思議だ。単純に、不思議だ。この世はなんでこんなことばかり起こるのだろう。

顕子が出て行ってしばらくの間、三人でなにもせずに座っていた。文恵さんは動かないし、しゃべらない。清吾は下唇を突き出した妙な顔で庭の景色を眺めている。俺は壁に背を付けて、ぼんやりと天井の角の辺りを見つめた。

「お、俺、昼飯作ってくる」

ぎこちなく言って、清吾はなぜか俺にテレビのリモコンを渡して台所に向かった。わけがわからない。点けろということか。

昼のニュース、ワイドショー、町歩き番組とチャンネルを変え「どれがいいですか」と文恵さんに聞いてみる。文恵さんの目はテレビの画面を見ていた。返事はない。とりあえず適当な町歩き番組にして、リモコンを置く。

「この家には盗聴器が仕掛けられてるんだよ」

一瞬、テレビの中のタレントがしゃべったのかと思った。

「え？」

「実は前に住んでいたのが薬の売人でね。公安が張り付いていたの」

「げっ、マジですか！」

文恵さんは画面を見たまま淡々と口を動かしている。急いで立ち上がり、清吾がつかっている和室にある雑貨を入れたカラーボックスから、工具のセットとラジオを取り出した。電源タップや延長コードなどお決まりの場所を確認し、続いてラジオの電源をいれてテレビの音声が混じらないかチェックしていく。

「とりあえず……まあ、簡単なチェックですけど、大丈夫そうですね」

「そう」

あっさりと頷き、文恵さんはまたテレビを眺める。

「きっと隣の人が回収したんだよ。あの人もスパイだから」

「この辺りってそんなにやばい地域だったんですか」

「やばいよ。ニコニコひまわりホームだってやばいんだ。食事に毒を盛ってる」

「え、マジで」

「施設の入居費用目当てでさ。あいつらにとっては、老いぼれはずるずる生きられるより適度に死んでもらった方がありがたいんだ」

「すげえ。斬新な商売だなあ」

感心して聞いていると、廊下から清吾に手招きされた。声をひそめて話しかけられる。

「なにまともに受け取ってんだよ！」

「はあ？」

「嘘だよ、嘘。症状の一つなんだ」

「症状？　滅茶苦茶はきはきしゃべってるのに？」

「そういうもんなんだよ。だから大変なんだ……。ずっと聞いてるとノイローゼになる」

顔をしかめ、清吾は肩を落とした。

「あんなひどいこと絶対に言わない人だったのに、残酷な病気だよなあ」

「よくわかんないんだけど、嘘しか言わないって思っていいのか？」

「いや、まだらボケっていう……こう、病気のせいで嘘を言っちゃってるときと、正気なときと、両方ある」

「ふーん……じゃあ、適当に合わせておくわ」

「助かる」

頷き、清吾は出来たばかりの焼きそばをローテーブルへ並べていく。文恵さんはまた置物のようにしゃべらなくなり、清吾が吹き冷ました麺をぎこちなくフォークに引っかけ、ぼろぼろと零しながら食べ始めた。

それから、手を引いてトイレに連れて行ったり、車椅子を押して家の周囲の散歩に出たり、抱き上げて風呂に入れたりと清吾はこまめに文恵さんの世話を続けた。夕飯のあと、便器での排便が間に合わずにトイレの床が汚れるトラブルがあったものの、いつのまにか用意してあった漂白剤で消毒し、手際よく処理していた。

夜九時を過ぎて、眠たげに目をこすり始めた文恵さんを、清吾は布団を二つ並べた奥の和室に連れて行く。

閉じた襖の向こうから、仕事に行かなきゃいけない、息子を迎えに寄越して、と状況に合わない声が響いてくる。しばらく押し問答をしたあと、渋い顔をした清吾はパジャマ姿の文恵さんにカーディガンを着せて家の外に連れ出した。十分ほど散歩をして、帰ってくると今度はいくらかスムーズに布団に入ってくれたらしい。文恵さんの声が消え、代わりにいびき混じりの寝息が響いてきた。

そっと襖を開き、清吾が豆電球のついた薄暗い部屋から抜け出してくる。

「たいしたもんだな」

冷蔵庫から持ってきたビールを渡す。清吾は鈍く笑って首を振った。

「ぜんぜん。俺なんか一応おふくろを抱きかかえられるし、楽なもんだよ。中には体格のいい親父をめちゃくちゃ手こずりながら介護してる娘さんとか、いるからなあ」

「親が残るのも考えもんだ」

「ああ、んー、どうだろう」

「ん?」

清吾はビールのタブを起こしながら腰を下ろした。幸せそうに頬を緩め、菓子鉢に入っていた柿の種の袋を開ける。

「つかもっちゃんちもそうだと思うけど、うちは母親が仕事ばかりで全然家にいなかったから。割とさみしかったんだよな」

「ああ、じゃあ、今おふくろさんにくっついて世話するのは楽しいのか」

「いや、そうじゃなくてー……」

前歯で小さな米菓をかじり、清吾は短く言葉を探す。

「世話とか、そばにいるとか、自分が昔して欲しかったことを誰かにすると、昔の俺がしてもらったような気になって楽になるんだ。たぶんなんかの錯覚なんだろうけど」

「なんだそりゃ」

「つっても、どんどん変わってくおふくろと一人で向き合うのはしんどいから。つかもっちゃんに居てもらえてよかったよ。おふくろも、話を聞いてくれる人がいて喜んでたし」

「あれで喜んでたのか?」

「喜んでたよ。そうじゃなかったらもっと機関銃みたいにしゃべり続けてた。つかもっちゃんがちゃんと真に受けて行動してくれたから、気が済んだんだろうな」

「そういうもんか」

下の世話をやる気にはならないけど、話し相手ぐらいならなってやってもいい。どうせ、なにもやることはないのだ。

夜中、なんどか襖の向こう側で文恵さんがむずかる声が聞こえた。シミズさん、そう、梨屋のシミズさんが亡くなってね、あんたもたくさん梨を頂いたでしょう。これからお葬式だから支度しなさい。寝ぼけた清吾の声がそれをいなす。二人が起きるたび、こちらもつられてまぶたを開き、青暗い天井を見上げた。

ふと、人の気配を感じて目を動かす。ぼんやりとした影のようなものがローテーブルの近くに座っていた。

一瞬、体に力が入る。とうとう出た、やるのか、来いよ、ぶちのめしてやる。恐怖の裏返しでもある凶暴な衝動が駆け巡り、だけどその影がこちらではなく、カーテンの隙間から差し込む月明かりを眺めていることに気づいた途端、なんだか馬鹿馬鹿しくなった。

死んだんだよな、でもたぶんよくわかってなくて、まだああしてぼけっと座ってる。あんなのわざわざ相手にしなくてもいい。不穏なこと、今とは違う時間軸のことを口走る文恵さんは、ぜんぜん楽しそうではなかった。むしろ自分が理解できない周囲の流れに困惑しているようだった。この幽霊も同じだろう。布団を引き上げ、寝返りを打つ。

　翌朝、早起きな文恵さんに合わせていつもより二時間早く朝食をとることになった。食事を終えて一段落すると、清吾は目元を押さえて首を振った。

「……すっげー眠い」

「寝てろよ。今日も仕事だろ、運転危ねえよ。文恵さんは見てるから」

「悪い、七時半に起こして。母さん、なんかあったらつかもっちゃんに言ってな」

　ひらひらと手を振り、清吾は奥の和室の襖を閉めた。文恵さんは相変わらず、なにを考えているのかわかりにくい静かな顔でテレビを眺めている。

　皿でも片付けるか、と腰を浮かせたところで「ねえ」と文恵さんが切り出した。

「今、何時かしら」

「ん……六時半です」

「あなたはこんな早くに、うちでなにをしてるの？」

「なにって……」

　飯食ってたけど、と言いかけて、たぶんそういうことを聞かれたわけではないのだろう、と気づく。

「清吾と一緒に住んでるんです。……塚本と言います」

「つかもと」

そのとき、不思議なことが起こった。花が咲くように、色がにじみ出すように、無表情だった文恵さんの顔に穏やかな微笑《ほほえ》みが浮かんだ。

「同じクラスの匠《たくみ》くんね。いつも清吾と遊んでくれてありがとう。清吾がね、お礼を言いたがっていたわ」

「え？」

「清吾が他の子に意地悪をされそうなとき、隠れ場所を教えてくれたんでしょう？」

「はあ？」

覚えていない、というか、そんなことあっただろうか。

子供の頃、気が優しくて少しとろくさい清吾はよくいじめの対象になっていた。そして昔から血の気が多かった自分は、どちらかというと清吾をいじめる側のグループに属していたはずだ。

「人違いじゃないですか」

「確か匠くんだったはずよ。えっと……兎《うさぎ》小屋の……裏？」

「……あー」

小学校の、青々とした中庭の景色がよみがえる。

確か、五年生か六年生かそのくらいの時期だ。放課後に清吾をいじろうという話が出ると、俺は清吾の背中を小突くふりをしながら「兎小屋に寄ってから帰れ」と耳打ちした。三十分ほど時間をつぶせば、他の子供も清吾を探すのに飽きて、別の遊びに走り出す。

でもそれは別に清吾を思ってのことではなかった。あまり自分と境遇の近い清吾がいじめられると、ほんのわずかなきっかけで自分までいじめられる可能性が高まるのを感じて嫌だっただけだ。清吾を助けたかったのではなく、清吾という急所をみんなの前から隠したかった。

「馬鹿だなあ、あいつ、そんなことで俺を助けたのか」

どれだけお人好《ひとよ》しなんだ、と感謝するよりも呆れてしまう。それとも、まっとうに育てられた人間はそんな馬鹿っぽい博愛精神を当たり前のように持つものなのだろうか。よくわからない。文恵さんはすでに俺に興味をなくし、庭に目を向けている。カーテンは、ここ最近は日中は開いたままだ。

「きれいねえ、草は伸びてるけど、ずいぶんお花が咲いてる。匠くんが植えたの？」

「まさか。前の人ですよ」

「ふーん」

「そこ、開けましょうか」

ガラス戸を開け、文恵さんの体を支えて庭の近くに座らせる。爽やかで青くさい匂いがさあっと室内に流れ込んだ。ホームの庭は芝生と桜しかないからさみしくてね、と文恵さんは嬉しそうに荒れた庭を見回した。俺は彼女の様子を見つつ、テーブルに残った食器を台所の流しへ運んだ。

「あら、ゆすらうめ」

「ゆすらうめ？」

「ほら、そこの木に小さな赤い実が生っているでしょう？ 甘酸っぱくておいしいのよ。ジャムにしたり、お酒につけたりも出来るし」

「へえ……ちょっと取ってきましょうか。文恵さん、ホームに持って帰ってみんなで食べなよ」

「ええ、悪いわよう」

名前も、食用なのかもわからなかった植物の正体が判明して、少し楽しくなる。小粒な実が密集して生っているようだし、枝ごと落としてプレゼントした方がいいかもしれない。そんなことを思いながら尻ポケットの折り畳みナイフを取り出す。しばらく使っていなかったので念のため刃を開いてみるも、銀色の刀身に錆《さ》びは浮いていなかった。これなら細い枝くらい落とせるだろう。

背後で襖の開く音がした。清吾が起きたか。そう、なにも考えずに振り返る。

髪に寝癖をつけた清吾は、唖然《あぜん》とした顔でこちらを見ていた。

「うわあああっ！」

悲鳴とともに渾身《こんしん》の力で俺を突き飛ばし、畳に倒すとねじ切るようにしてナイフを奪って部屋の隅へと投げ捨てる。

「塚本、この野郎！」

胸ぐらをつかんで揺さぶられる。間近に迫った清吾の顔は怒りに強ばり、それなのに泣き出す直前みたいに歪んでいた。がくがくと上下する視界の中、俺はやっと、清吾の目に映った景色を理解した。こちらに背を向けて座った文恵さん、ナイフを開いて近づく俺。なんだそれ。馬鹿か。笑いが漏れる。

「なんでだよ！　なに笑ってんだちくしょう！」

お前、こんな声が出せるなら、律儀に教室でいじめられなくたってよかったのに。揺すられる間にそんな関係のないことまで頭に浮かぶ。

細い細い声が、怒号の間にすべりこんだ。

「匠くんは、私にゆすらうめを取ってくれようとしたんだよう」

庭の方に体を向けていた文恵さんが、杖が近くになかったせいか、芋虫のように身をよじらせて這《は》いずりながらやってくる。清吾の体から力が抜けた。

「ゆすら……うめ？」

「あんた、なんでこんなことするの……あやまりなさい。早く、あやまりなさい！」

匍匐《ほふく》前進でこちらに辿り着いた文恵さんは、平手で清吾の体をぶった。繰り返し何度もぺしっ、ぺしっと間抜けな音が立つ。

「ごめんね匠くん。ごめんね、ごめんね！　早く離れなさい！　あやまりなさい！」

ぐらりと清吾の体が傾ぎ、尻もちをつくようにして畳に落ちた。清吾を叩く文恵さんは涙ぐんでいた。庭を振り返る。朝日を浴びたゆすらうめが、赤い宝石みたいに光っていた。

ストレスのせいか、またわけのわからないことをしゃべり始めた文恵さんをホームに送り、清吾は再び家に帰ってきた。俺を見てうつむき気味に目をそらし、二メートルほど離れた畳に腰を下ろす。

黙っているので、俺の方から口を開いた。

「……仕事は？」

「休んだ」

「なんで。行けよ」

「行ったらつかもっちゃん、いなくなるだろ」

「はあ？」

思わず笑う。部屋が静かすぎて、笑い声はやけに酷薄に響いた。

「お前は、俺の、彼女か」

「違うよ」

「知ってるわ。……もういいから、やめようぜこんなくだらねえこと。怖いんだろ。当たり前だよ。揉め事から逃げてきたチンピラなんて怖くない方がどうかしてるよ」

「そういう話じゃないだろ」

「いいこと教えてやろうか。お前、いい勘してる。初めに会ったとき俺はお前を殺す気だった」

「……冗談」

「冗談だと思うか？　どっか遠くまで走らせて、ひとけのないところで刺そうと思ってた」

「なんで……」

「さあ？　退屈だったんだ」

清吾は顔をしかめた。俺を睨み、ぎこちなく口を開く。

「それでも、やんなかっただろ。……それと、俺が間違えたのは、関係ない。無理矢理こじつけてごっちゃにするなよ」

「俺はお前が聞きたくないことを山ほどやってるし、嘘だってついてる」

「しつこい」

「隠れ場所の恩だか知らねえけど、そんなくそみたいな理由で付き合ってると馬鹿を見るぜ。かくまえなんて頼んだ俺も馬鹿だったし、俺だって、こんなに長く世話してもらえると思わなかったんだ。もういいよ」

「……隠れ場所？」

「文恵さんに聞いた。お前、小学校の頃にいじめからかばってやったからって、俺のこと助けてたんだろ？　言っとくけど、お前をかばったんじゃないよ。お前があんまり目をつけられると、俺までいじめられそうで面倒だっただけだ。お前のことなんか見捨ててた」

「……なんのことか、全然わかんないんだけど……」

もぞもぞとつぶやき、清吾は眉間に深くしわを刻んだ。

「見捨ててたとか……そんなこと言ったら、俺だって何回つかもっちゃんのこと見捨てたか、わかんないし」

「はあ？」

「団地で、うちの一個下の階だったろ。つかもっちゃんち」

「……だっけか？　たぶん」

「夏とか、ベランダに出るとわかるんだ。他のうちはいろんな話し声がするのに、俺んちとつかもっちゃんちは、いつもテレビの音しかしなかった。でも俺んちは、遅くはなっても、母さんが帰ってくるんだ」

ふいに、首筋が火で炙られたように熱くなる。なんだろうこれは。なつかしい嫌な感じ。授業参観の日、休み時間にさりげなく職員室の隣にあった公衆電話の受話器を耳に当て、仕事で来られなかった母親と話しているふりをした、あの感じ。

ああ、恥ずかしい、だ。恥ずかしい。逃げ場のない羞恥と、遅れてやってくる怒り。

「……だからなんだよ。くだらねえ」

「俺は何回もつかもっちゃんを見捨てた」

「おい」

「一人の間はさみしいからベランダに出て、母さんが帰ってきたら家に入って甘えた」

「気持ち悪いんだよ、お前」

侮蔑を込めて吐き捨てる。清吾は青ざめた顔のまま、ぴくりとも声を揺らさずに続けた。

「タクシー乗ってると、かわいそうな人なんて山ほど会うんだ。重い病気を宣告された人、腹の赤ん坊がだめになったお母さん。娘が殺されて、これから遺体を確認に行くっておっさんもいた。ずっと、ぶっ壊れたみたいに震えてた。みんなすげえかわいそうでさ、辛いことしか待ってない目的地じゃなくて、どっか違うところに連れてってやりたいって毎回思うの」

「……それで、感化されて人助けごっこか。いい趣味だな」

「でも、そのたびに、俺が誰より助けなきゃいけないのはつかもっちゃんだって思った。人がいろんなもんを賭けて本気で関われる人間なんて、人生で一人か二人ぐらいだろ。あの場所でいちばん気持ちがわかるのは俺だったのに、その俺が見捨てたら、この世の誰がつかもっちゃんを助けるの。……ずっと覚えてたし、ずっと苦しかった。だから、つかもっちゃんが乗り込んできたとき、神様がチャンスをくれたんだって思った」

「あのな……お前は、俺にどうしろってんだ」

問いかけに、清吾はゆるりと天井を見上げた。長く考え込み、口を開く。

「……別になんもしなくていいから、家族みたいな感じになろうよ。で、お互いに困ったら連絡して、なんとかすんの。昔の映画であるじゃん。義兄弟とか、盃《さかずき》とか、そういうの。ベランダの戸を閉めるときにいつも思ってたんだ。俺とお前が兄弟だったら、こんな風に苦しくなんないで済んだのにって」

「なんだそれ……」

お前の方がやくざじゃないか、とくだらなさに思わず笑った。

赤い赤いゆすらうめを一つずつもいでざるに溜める。水にさらして汚れを落とし、砂糖と一緒にしばらく煮込む。再びざるにとって、へらで潰しながら種をこす。

ネットのレシピの見よう見まねで作ったジャムを炭酸水に混ぜて出すと、文恵さんは嬉しそうに目を細め、子供のように一息に飲み干した。ん、と無言でコップを寄越し、おかわりを要求される。今回の一時帰宅では、昼間からずっとしゃべらない状態が続いている。

「二杯目飲ませて大丈夫か？」

「んー、母さんちょっと腹弱いんだ。あんまり飲み過ぎると腹痛くなるかも」

「じゃあ、ジャムだけ少し舐めさせるか」

「あ、ヨーグルトに混ぜよう。昨日から便秘してるらしいし、ちょうどいいわ」

日が暮れて、ようやく涼しい風が吹き始めた。文恵さんは薄ピンク色に染まったヨーグルトをおいしそうに頬ばっている。清吾は炭酸水にウイスキーとジャムを混ぜた飲み物をすすり、陰っていく庭を見回した。

「ほんとはもっと色々、面白い植物が植わってんだろうな、この庭。またなんか生ってたら調べてみよう」

「そうだな」

「実は目立たないとこにジャガイモとか埋まってそうじゃね？　ぜったい家庭菜園やってるよ、この雰囲気は」

「ジャガイモは……秋か」

考えてみれば、前の住人とは死んで幽霊になってうろついている奴のことで、そいつが育てていたものをこうして勝手に飲み食いしているのはどうなのか。俺は席を立ち、もう一杯ゆすらうめのソーダを作って部屋の隅に置いた。清吾が首を傾げる。

「なにそれ」

「お前これ、飲むなよ。うちって線香あったっけ」

「んなもんあるわけないべ」

「ちょっと出てくる」

スマホと財布をつかみ、サンダルをつっかけて外に出ると、重さのある生暖かい夜風がTシャツの裾をはためかせた。夏がもうそこまで来ている。

最寄りのコンビニで明日の朝食のパンと線香を買い、外に出てなんとなくスマホを確認する。留守番電話の音声が一件、録音されていた。追加でなにか買ってこいという連絡だろうかと、なにも考えずに指をすべらせ、スマホを耳に当てる。

柔らかい空気を突き破り、含み笑いのべたついた男の声がおもむろに耳へ流れ込んだ。

『もしもしい、安条のワンちゃん聞こえてますかあ。もうすぐ迎えに行くからねえ。どこに逃げたって無駄だよお。俺たちワンちゃんと遊びたくてしょうがないんだから。働き者のワンちゃんにしっかりご褒美やるからね。首を洗って待っててねえ』

　ぷつ、と音声がちぎれる。スマホを近くの川に捨てようとして、やめた。家に帰る途中で空を見上げる。赤紫の日暮れが終わり、もうじき夜がやってくる。

　ゆすらうめのソーダの隣にもう一つ空のコップを置き、火を点《とも》した線香をいれた。清吾はようやく思い当たった様子で、そばにやってきて手を合わせた。

　ぼうっとしていた文恵さんが、まるでうたたねから覚めたように目をしばたたかせてこちらを向いた。

「あれ、匠くん。遊びに来たの？」

「はあ」

「ゆっくりしていってね。そちらのおばあさんも」

　文恵さんはにこにこしながら部屋の隅を見ている。清吾はげんなりと顔をしかめた。

「こええよ」

「まあいいさ、なんでも。いい夜だ」

　順番に風呂に入り、文恵さんを寝かしつけ、二人で酒を少し飲んでからそれぞれの部屋に分かれた。襖の向こうの寝息が二つになるのを見計らい、ゆすらうめの根元にナイフを埋める。

俺はその夜、この美しい家をあとにした。

初めは、ただの同情を買うための嘘だった。ほだされるたび、なんども言ってしまいそうになった。俺は人殺しだと。それでもお前は、俺を受け入れるのかと。

今では、言わなくてよかったと本当に思う。犯罪者をかくまう人間は罪に問われる。俺は俺の家から、あらゆる暗闇を遠ざけたい。

終電を過ぎた駅前のロータリーには数台のタクシーが停まっていた。そのうちの一台に乗り込み、ここからだいぶ離れた、空港にほど近い町の名前を告げる。目的地が出来た。まだもう少しだけ生きていたい。俺は、俺のものだと特定されたスマホを持ったまま、世界の果てまで逃げていく。あの人たちから遠ざかる。

ぜんぶ終わったら、ナイフを目印にまたあの庭に還《かえ》りたい。あいつは、許してくれるだろうか。

ひかり

建物はずいぶん古かったけれど、庭の日当たりがとてもよかった。

「前の人は家庭菜園をやっていたのね」

縁側にほど近い一区画だけ雑草の密度が低く、なにかつる性の野菜を育てていたのだろう、支柱が数本残されている。

「使いやすい家だよ。築年数は経ってるけど、水回りはなんども手を入れてるから。割と借り手が途切れないんだ」

「そうですか」

「本当はうちは六十五歳以上の人には貸さないようにしてるんだよ。まあ、アタシらもね、なかなかこまめに様子を見に来られるわけでもないし、転んで動けなくなってたら心配だろう？　ただそれが女房の腰痛を治してくれた恩人だって言うなら話は別だ。もう、家でも杣鳥《そまどり》先生、杣鳥先生ってそればっかりでさあ。大したもんだよ、いい年したババアが女学生みたいに目を輝かせて、すっかりあなたのファンだ」

年頃は私と同じ七十代の前半か、少し下くらいだろう。短く刈り込んだごま塩頭をざりざりと厚いてのひらで撫でながら、大家の男は愛想よく言った。口調は朗らかだが、動きの速い目は笑っておらず、全体的に抜け目のない印象がある。恩を売り、勘所を押さえ、物事をスムーズに進めようとするケチくさい商売人の気質が見て取れた。

「まあ、ありがとう。この家でも、一部屋を使って健康教室を開こうと思っているの。奥様にもよろしくお伝え下さいね」

「へえ、ちなみにどのくらいの頻度で？　まさか毎日じゃないでしょう？」

「そうね……予約制で週に三日ほど、一日にみられるのは三人までかしら」

「そりゃあいい、定期的に人が訪ねてくるなら、こっちも安心だ」

あくまで私を「好意で入居を許した弱者」扱いしたいらしい。不快だが、こういう男の扱いは心得ている。

「こんなご時世ですからね。親身になってくれる大家さんで嬉しいわ」

「いやいやいや、お互いこんなトシじゃあ持ちつ持たれつだから。あ、いけねえ、女の人に年齢の話なんて怒られちまうね。まま、なんかあったらちょいっと電話して下さいよ。アタシか女房がすっ飛んできますんで、はい」

大家の男は大げさに首を振り、目を細めて相好を崩した。前の住人が家具を残した居間に戻り、ちゃぶ台で賃貸契約書にサインして家の鍵を受け取る。私を話の通じる相手だと見なしたのだろう。男は終始腰の低いまま、上機嫌で帰って行った。

「さてと」

小うるさい虫を追い払った気分で立ち上がり、縁側のガラス戸を開いて庭を覗く。

軽く見回した限りでは、花木が多いようだ。お隣から枝を伸ばした桜がさわやかな若葉を茂らせている。敷地を隔てているのは剪定《せんてい》がろくにされていないツゲの生垣で、下の方の枝ぶりがだいぶ薄い。庭の奥まった位置では月桂樹《げっけいじゅ》が明るい黄色の花をつけている。視界の端でもさもさと葉を茂らせたひとかたまりは、芙蓉《ふよう》だろう。玄関の近く、丸っこい樹形の沈丁花《じんちょうげ》はだいぶ枝が込み合っていて、剪定が必要だ。

「あの子を迎える支度をしなくっちゃ」

腕をまくり、持参したハーブのプランターに手をかけた。

腰を痛めないよう慎重に、数日かけてハーブを植えていった。日向《ひなた》が好きなもの、日陰が好きなもの、その真ん中ぐらいが好きなもの、種類によって植える位置を調整する。オレガノ、カモミール、バジル、ラベンダー、レモンバーム。茂りすぎてしまうペパーミントはプランターのまま、縁側から手を伸ばしやすい場所に置いた。

最後に庭の手洗い場から伸びたホースの口を指で潰し、全体に水を振りかける。なじみ深い涼気がさあっと細長い庭を吹き抜けた。

「気に入ってもらえるといいんだけど」

周りに誰もいないものだから、つい独り言が多くなる。手を洗い、蕎麦《そば》を茹でて昼食にした。付け合わせはなめこと大根おろし。タンパク質もとらねばと、ハムを数枚付け足す。大葉とネギも欲しいところだ。そのうち庭に植えようか。そんなことを考えつつ、蕎麦をすする。

箸が器に触れる音が耳につくぐらい静かだったのに、急に生垣の向こうが騒がしくなった。はぁい並んでえ、と呼びかける保護者っぽく馴れた感じの女の声。生垣の根元に開いた大小の穴越しに、サンダルを履いた十人ほどの男女の足が見える。車椅子に乗っている人もいるようだ。重たげな足の運び方から、彼らが高齢者であることを想像させる。

「さん、はい」

監督している女のリードで、たどたどしい合唱が始まった。なんだか聞き覚えのある曲だ。

むかしのひかり、いまいずこ。

ああ、「荒城《こうじょう》の月」だ。曲が終わると軽い雑談ののち、また初めから歌い直される。

私のようにこの曲が体に染み付いていて、歌っているうちに記憶が紐解《ひもと》かれる世代が多いのだろう。一度目よりも二度目、二度目よりも三度目と、次第に歌声は大きくなった。

しゃがれた歌声に耳をそばだてながら、下手すると孫よりも若いだろう女に音頭を取られて歌う彼らを想像する。ホームに入っているということはどこか具合が悪いか、すでに一人では生活が回らないぐらい年をとっているのだろう。つまんないだろうな、中庭で歌うぐらいしか楽しみがなくて。三食用意してもらえるのは楽かもしれないけれど。

ただ、私は少しだけ彼らをうらやましく思う。生垣の向こうで歌う彼らは、少なくともなにもためらわずに保険証を使い、年金を受け取り、社会に守られ、よくがんばったねえなんて家族に声をかけられながら死んでいけるのだ。

まあ、妻の贔屓の人物だからと大した確認もなく家を貸してもらえただけ、私の運だってそう捨てたものではない。食事を終え、皿を片付けようと立ち上がる。最近はめっきり関節が硬くなり、体重をかけるたびに膝が軋む。ちゃぶ台に手をついて慎重に腰を浮かせ、使い終わった皿を流しへ運んだ。続いて、施術室にする予定の奥の和室へ向かう。

和室には前の家でも使っていた折り畳み式のベッドが一つ、畳んで立てかけてある。そのそばに置かれた藤色の風呂敷包みをつかみ上げ、居間に戻って結び目を開く。中には筆記用具が入っている。

墨汁と硯《すずり》、筆を用意し、大きめの書道用紙を下敷きに載せた。

『杣鳥健康教室
按摩《あんま》　整体　体質改善　減量指導　産後ケア　体が辛い方お立ち寄り下さい
美味《おい》しいハーブティーあります』

教室名は大きめに、説明は小さめに、でも読みやすく。バランスを考慮しつつ一息で書き切り、ふ、と肩の力を抜く。

書き上げた教室案内を植物模様の布を張ったA3サイズのベニヤ板にピンで打ち付け、西洋椅子の背もたれに立てかけた。予約の取り方を記したチラシを籐籠《とうかご》に入れて座面にのせ、最後にそれらの集客セットを玄関の脇に出しておく。

とにかく初めの印象が大切だ。目立ちすぎず、だけど施術を必要とする人の目にはきちんと留まる、控えめなくらいの主張でちょうどいい。庭の隅で咲いていた赤紫の躑躅《つつじ》を数輪、チラシを入れた籠に差し込む。

道具を片付けている最中にふと、庭に目が向いた。網戸越しに土と草の匂いが流れ込んでくる。

なにかしっかりとした合図があったわけではない。たとえば好きな季節の匂いが風に紛れ込んでいたときの喜びに似た、ほのかな衝動に背を押されて庭へ降りる。

「ゆりちゃん、来たの？」

やんわりと茂ったバジルの葉陰に指を差し込む。

なめらかなものに、するりと指の側面を撫でられた。

「よかった、ちゃんとこちらに来られたのね」

こちらの手に吸いつくような、なじみ深い皮膚の感触に安堵《あんど》する。

植物が作る小さな闇の中で、私の天使と指を絡ませた。


朝起きるたび、庭の緑が深くなる。

植え替えたハーブはほとんどが順調に根付いたようだ。厳しさを増していく日差しの下、したたかに葉を茂らせてむき出しの地面を覆っていく。七月の初めには、豊かなハーブガーデンが出来上がった。その外周を様々な夏の花が彩っている。世間知のない美人みたいな危うい色気を放つ芙蓉、引き締まった白の真ん中に毒々しい紅を落としたむくげ、くるくる回って一張羅を見せびらかす子供さながら、茎に花を巻きつけた立《たち》葵《あおい》。どれも花の数が多く、株が立派で、だいぶ前からこの庭に根付いていると思わせるだけの風格がある。

少なくとも、私の前に住んでいたワケアリ夫婦の采配ではないだろう。なんでも水商売風の若い女が、父親ぐらい年の離れた男を養っていたらしい。駆け落ちだ、愛人だ、といまだ噂の残る彼らは、芋だの茄子《なす》だののわかりやすく腹を満たす野菜ばかり作っていたようだ。

　日差しで茹だってしまわないよう、朝のうちに庭にホースで水をまく。生垣を挟んだ外の通りを、集団登校中の小学生の一団が歩いて行くさざめきが聞こえる。先頭の女の子が黄色い旗を持っている。くるまがきまーす、はしによってー、いちねんせいとてをつないでくださーい。

　家の入り口で足を止め、庭を覗いている男の子がいた。他の子とそろいの通学帽を被《かぶ》り、黒いランドセルをしょっている。体つきはまだ幼い。

　目が合って、気がついた。先日の健康教室に母親と一緒にやってきた子だ。たしか関《せき》口宝《ぐちたから》くん、六歳。体のむくみで悩む母親が施術を受ける間、大人しくゲーム機を鳴らして遊んでいた。サービスのハーブティーが口に合わなかったようで、代わりに饅頭《まんじゆう》と牛乳を出した。

　宝くんはランドセルを弾ませて小走りで敷地内に入ってくると、ものすごく真剣な顔ではきはきと聞いてきた。

「そまどり先生って、まじょですかっ」

　思いがけない問いかけに、一瞬答えを見失う。

「……どうしてそう思ったの？」

「へ、変なお茶出すし……おかあさん、先生のところから帰ったら、しょっちゅう台所でぽろぽろ泣いてるんだよ、なんで？」

「ああ、それはね……」

どんな説明をしようか迷っていると、宝くんの寄り道に気づいた小学生たちが足を止めて呼びかけてきた。

「関口くん、だめなんだよー！」

「はやくー！」

「はやくもどってー！」

青くさい子供の声が次々と降りかかる。宝くんはぎゅっとランドセルの肩紐を握り、聞こえないふりをしてこちらを見上げている。恥ずかしいのだろうか、耳たぶが赤い。

なにかわかりやすい説明が必要だった。

「先生は魔女だよ。だけどいい魔女だから安心しなさい。ママの具合が悪いところを治してあげる」

「……ほんとう？」

「うん、ほんとう」

ひっひっひ、と魔女っぽい笑い声を付け足す。宝くんは不安げに眉をひそめる。

「この実をお食べ。さっぱりして心が落ち着くよ」

適当なまじないめいたことを言って、そばに生えていたゆすらうめの実をもいで渡す。

真っ赤な実をころころとてのひらで転がし、こちらを何度も振り返りながら宝くんは集団登校の列に戻っていった。

「魔女だなんて、三十年ぶりに聞いたね」

薄紫色の花をたくさんつけたラベンダーの一株に手を差し入れる。もうだいぶ茂っているため、簡単に手首まで埋もれた。数秒もしないうちに、薄いてのひらが私の手に重なる。きゅ、と指先を曲げて握りしめた。

かつて、小さな団体を運営していた。

息子の喘息《ぜんそく》治療のため、空気のいい田舎町に引っ越したのがすべての始まりだった。私はそこで美容師として働きながら、生まれつき病弱だった彼の体質を改善しようと様々な食事療法や運動療法を考案した。一年の半分は床に伏せっている孫を軽んじて、早く本物の跡継ぎを産め、とせっついてくる婚家を飛び出した意地と勢いがそうさせた。

今に見ていろ、あっと驚くような偉丈夫に育て上げて、私と泰徳《やすのり》を馬鹿にしたすべての連中を跪《ひざまず》かせてやる。がむしゃらに生活費を稼ぎ、食べ慣れない高い食材や埃くさい珍味、漢方薬、何々家の秘伝の薬等々を集めて処方するうちに、息子はすくすくと元気になった。

若竹のように背丈を伸ばしていく彼を見るうちに、自分がなにに復讐《ふくしゆう》したかったかを忘れた。

郵便局員となった息子が早くに所帯を持ったあと、私に残ったのはありとあらゆる健康にまつわる知識と、それを困っている人に分け与えることの喜びだった。

私には、なにか人の心を解きほぐす才能のようなものがあったらしい。美容師として多くの客を得ただけでなく、髪を切る間にぽつぽつと身の上話をされることが多かった。まだまだ男女が対等に扱われない時代で、女たちの多くがそのままの人生ではとうてい解決し得ない、大小様々な問題を抱えていた。誰々と縁を切りたい、逃げる場所が必要だという相談が重なった折、近所の寺のひと間を借りて女たちの避難所を作った。それが、のちの団体の基礎となった。

弱った女を保護し、食事を与え、健康になるよう生活を指導して、金が稼げるよう助け合う。避難所に辿り着いた誰もが、もうここから出ていきたくない、と安らいだ顔を見せた。人数はふくらむばかりだったが、運営を手伝ってくれる人も現れ、団体は日に日に家族的な色合いを深めていった。

世話になっていた寺は後継者に窮していた。活動に理解を示していた老住職がある日、私に仏門に入るよう促した。いずれは私に寺を譲る気持ちであったらしい。社会的な立ち位置が定まれば、辛い境遇にある女たちをより安定して支援することが出来る。私は喜んで髪を剃《そ》り落とした。

その頃からだったと思う。私を「聖母」であったり「菩薩《ぼさつ》」であったり、そんな大げさな呼び方をする団体員が現れ始めた。

初めは居心地の悪さや恐れ多さからその呼称を拒んでいたが、そういう存在であるよう求められていることはわかった。私はいっそう熱心に修行に打ち込んだ。

断食の修行の最中だった。私は従来の断食に自分が研究してきた薬草蒸しを掛け合わせることで、より高い解毒効果を得ることに成功していた。近くの山で採取した薬草類を煮詰め、沸き上がる蒸気で狭い室内をいっぱいにする。もちろん酸欠や一酸化炭素中毒にならないよう細心の注意を払う。その空間で足を組み、耐えられなくなるまでひたすら瞑想《めいそう》する。驚くほどたくさんの毒が全身から噴き出し、自分の体が清められていくのがわかった。回を重ねるたび、研磨した針のように思考が尖《とが》り、彼方《かなた》へと伸びていった。

ある日、不思議な体験をした。気がつくと、私は瞑想室の床に倒れていた。その、倒れている私の肉体を、高い位置から見下ろしていた。

どういうことなのだろう？　そのときは、色々なものがとてもよく見えた。生涯で一度も見たことのなかった自分の横顔、体の右側に力をこめる癖のせいでぎこちなく曲がった骨格、年相応に熟れて疲れた肉。生きるという労苦に耐え続ける自分の肉体に、私は生まれて初めていとしさを感じた。

そのときだった。私は、自分が表面的な情報だけでなく、より多くの情報を「見て」いることに気づいた。私の肉体を巡る、光る水の流れのようなもの。脳を、骨肉を、内臓を、細胞の一粒一粒を駆動させ、動かし続ける命そのものの目が眩《くら》むようなエネルギーが見えた。

次の瞬間、瞑想室の扉が開き、蒸気が外へ流れ出した。

「わあ大変！　みんな来てちょうだい！」

泡を食って駆け込んできた団体員が私の体に水をかけ、抱き上げて運んでいこうとする。彼女たちの体の中身もよく見えた。美しく眩《まぶ》しく光る流れ。そして、それが滞って濁っている箇所も。

次に意識が戻ったとき、私の目は相変わらず命の流れを映していた。

「ねえあなた、この足の付け根のところ……」

傍らに控えていた女の体の、流れが濁って黒ずんでいた箇所に手を当てる。しこりを押し流すよう力を込めて指圧すると彼女はその場にへたり込み、「ずっと感覚がなかったのに」と呆然とした顔で言った。

それから、私の日常に新しい業務が加わった。すでに三十人を超えるくらいまで増えていた団体員の体を観察し、エネルギーの滞っている場所に手を当て、揉みほぐす。すると単純な疲労から根深い精神疾患まで、彼女たちが抱えてきた様々な病が和らいでいった。

私は理解し、覚悟した。私は確かに、仏か神かに力を分け与えられて生まれてきたのだ。そう考えれば色々とつじつまが合う。なぜ私の息子は体が弱かったのか。なぜ私たち母子は周囲の理解が得られなかったのか。なぜ直感に導かれるまま、縁もゆかりもないこの田舎町へやってきたのか。なぜ息子は体が丈夫になった途端、あっさりと私の下を去って行ったのか。なぜ窮するたびに周囲の助けを借りて、特に深刻な行き詰まりを迎えることもなく、とんとん拍子で団体を大きくしてこられたのか。

なにもかも、私がこの力を得て、多くの人の苦痛を和らげる機構を作り上げるために必要なことだったのだ。

すべての物事に意味があった。そんな視座とともに見回す世界は美しく、明るい秩序に満ちていた。私の力ではなかったのだ。ならば私はこのお膳立てに頭《こうべ》を垂れ、粛々とちっぽけな命を使い切らなければならない。

団体を「光の国」と名付け、毎日毎日人を癒やした。団体員改め信徒たちだけでなく、体に不調を感じるあらゆる人に対して門を開き、彼らを受け入れた。信徒はあっという間に五十人を超えた。

羽倉《はくら》ゆりは、そんな折、母親と一緒に「光の国」へ辿り着いた。ほっそりとした体つきの、黙っているだけなのにどこか悲しげに見える、憂い顔の十九歳だった。

　ひと目見て、特別な子だとわかった。彼女の首や、手首、足首、脆《もろ》さを感じる体の各所には、光輝とでも言うべき淡い光の輪が浮かんでいた。初めはそれがとても不思議で、続けて彼女の母親から、様々な神通力を持つ子なのだと耳打ちされて納得した。なんでもゆりは「失せ物探《う》し」だの「嘘の看破」だの「重病人の回復するや否やの判断」だの、説明のつかない奇才を持つ、故郷では知らない人のいない神童なのだという。

「とはいえ、見て当てるだけで、治したり、説法をしたりといったことは難しいんです。だからどうか、先生の下で修行をさせて頂きたくて」

　ゆりの母親からは、上手くいけばゆりを使って教団の一つでも作ってやろうという野心が見て取れた。

　二人きりで話した際、ゆりにこの先どうなりたいのか、さりげなく聞いてみた。

「別に、どうって言われても」

　ゆりは迷惑そうに眉をひそめ、窓の外に目をやった。

「私が選べることじゃないもの」

「そんなことない、あなたの人生を選ぶのはあなたよ。お母さんじゃないわ」

「それ、本気で言ってるの？」

「もちろん。あなたには特別な力がある。それは、ただお金儲けにだけ使われるべきものではないの」

それから私はゆっくりと、私が見たもの、私が理解しているこの世の仕組みについて語り聞かせた。すべての人が体内に持つ光の流れ、それが遮られたときに生じる不幸。自分たちのような神通力を有する者は、一つでも多くの命をあるべき形で巡らせるため、より高位の存在が遣わした特別な人間であること。ゆりは注意深く私の話に耳を傾け、しばらく黙り込んでから言った。

「私も、その開眼の儀？　をやったら、その景色が見えるの？」

「私以外の信徒は、ただ五感が研ぎ澄まされるだけだったけれど、あなたならきっと私と同じ景色が見えるわ」

「ふうん」

ゆりはちょっぴり唇をとがらせ、得意そうな、でもそれを隠したいような、子供っぽく取り澄ました顔をした。

「今の私じゃなくなるなら、やってもいいかも」

「ふふ」

そうして、私とゆりは握手をした。ゆりの手はひんやりとして軽く、石膏《せっこう》のようにすべすべしていた。彼女を、かわいいと思った。すっかり疎遠になった息子と接するときの、好きなのに触り方がわからないような、もどかしく焦がれる気持ちを思い出した。

数日後、ゆりは開眼の儀に挑んだ。前日から食事を断ち、白い装束を着て薬草蒸しの部屋に入っていく。

そして小一時間も経たないうちに、喉をかきむしった姿で亡くなっているのが見つかった。遺体は体中、喉の中まで赤黒い発疹《はっしん》が出来ていた。

わけが、わからなかった。

ただ、まずいことになった。「光の国」はまだまだ組織としては脆弱《ぜいじゃく》だ。様々な追手から逃げている信徒も多い。あの当時、警察など、外部からの介入を受けるわけにはいかなかった。

ほとんどなにも考えられないまま、私は半狂乱になるゆりの母親を丸め込み、信徒に命じてゆりの遺体を日頃薬草集めに巡っていた山の奥深くに埋葬した。そして資金や家財を分割して、拠点の移転を試みた。

多くの信徒は私を庇《かば》い、あらゆる縁をたぐって潜伏先や新しい身分を用意してくれた。私も、私を信じる人たちを守り続けた。

出奔から間もなく「光の国」は奇怪な健康法を信仰する現代の魔女集団としてワイドショーを賑わせ、ゆりの遺体が発見されたことで私を含めた幹部の数名が全国に指名手配された。娘は未知の薬物を摂取させられ人体実験の被験者にされた、とゆりの母親は悲しみの手記を出版した。

二度、三度と拠点を移転し、そのたびに信徒の数も集めた資金も、櫛の歯が欠けるように失われていった。心労がたたって体の肉が落ち、いつしか髪は真っ白になった。内職や縫製、整体などの仕事で細々と生計を成し、残る信徒たちと身を寄せ合って暮らしながら、私は考え続けた。なぜ、ゆりは死んだのか。そこにはきっと理由があるはずだ。

逃亡生活が十数年に及んだ頃、私たちはある信徒の、一人暮らしをしていた親が亡くなったのをきっかけに郊外の一軒家へ移り住んだ。山を背にした、庭つきの古い家だった。どこか初めの寺を思わせる閑静な佇《たたず》まいに、私たちはしばしくつろいだ時間を過ごすことが出来た。

もう私を頼る信徒はたったの七人になっていた。そしてそのうちの二人は、高齢であることと持病の悪化で、布団から起き上がれなくなっていた。他の動ける女たちで協力して金を稼ぎ、生活を紡ぎ、介護を行った。私は毎晩動けない二人の体に手を当て、彼女らの命の流れを整えた。それでも加齢に伴う肉体の減退にはあらがえない。

「私たちは幸せ者です」

「そうそう、先生についてきて良かったわ」

「手を当てて頂くとね、ぽうっと体が温かくなるようで。痛みや不安も薄れるんですよ」

「外の世界で医者にもの扱いされたり、嫁にいびり殺されるよりずっといい」

「菩薩様が隣についているのだから」

私は曖昧に頷いた。私も、私の能力を疑うことはない。だけど回答は必要だった。私がなんらかの過ちを犯した結果としてゆりが死んだなら、その過ちを知らなければならない。大いなる存在の意図に反した結果としてこの転落が始まったなら、そもそもの意図を捉え直さねばならない。そうでなければ、私は確信を持ってこの力を振るえない。

大気が湿気で重くなった、梅雨の最中のことだった。私は傘を片手に庭へ出て、先々のことを考え込んでいた。

時効という言葉は常に頭の隅にあった。しかし、私たちの中に法律に明るい者はなく、自分らがなんの罪に問われているのかも判然としなかった。それに仮に時効が過ぎていたとしても、表立って活動をすれば必ずなんらかの妨害を受けるだろう。週刊誌のおかげで、「光の国」はすっかり気味の悪い魔女の集団だと世間に誤認されてしまった。なら、どうするべきか。新しい団体を作るにしてもお金が要る。場所も要る。潜伏生活は心身を蝕《むしば》み、私たちは年々力を失っていく。

ここからどうあがいても、初めの拠点にいた頃のような安定した団体を作るのは難しい。

思考の行き止まりにぶつかるたび、ため息が漏れた。ゆりのことは本当に気の毒だった。だけどあとほんの少しだけ、山の奥まった位置にあの子を隠していたら、とついつい考えてしまう。

ふと、水滴に覆われた紫陽花《あじさい》の茂みが動いた気がして、私は足を止めた。犬猫か、それとも羽を痛めた小鳥でも中に潜んでいるのだろうか。

中を覗こうとこんもりとふくらんだ茂みに手を差し込んだ瞬間、すべすべした冷たいものがさらりと指先を撫でていった。

とっさに竦《すく》んで、葉陰から手を引き抜く。

「え」

次の瞬間、雷のような直感に全身を貫かれた。傘を落とし、体をぶつけるようにして紫陽花の茂みに腕を突き入れ、内部の闇を掻く。枝を避《よ》けて茎の間近へ指先をねじ込み、手招きするつもりで揺らした。

五分ほどそうしていただろうか。全身に細かい雨がまとわりつく。鼻がざらつく葉に埋もれている。顎の真下に、触れれば肌を、見れば目玉も染めそうな、青い青い花の一塊がある。

空っぽだったてのひらに、柔らかで湿った皮膚の感触がすべり込んだ。雨音も、紫陽花の葉擦れも、私自身も、家で歓談する信徒も、今ここにいない見知らぬ誰かも、なにもかもが一つながりに感じられた。

美しい秩序は常にそこにあって、ただ、私が見えなくなっていただけなのだ。

涙が出そうだった。

「ゆりちゃんは私たちの魂を受け止め、死後に信徒が集う安らぎの庭に導くために遣わされた子だったの」

女たちは呆然と目を見開いている。私は、布団に横たわる二人に呼びかけた。

「あなたたち、もうなにも怖がらなくていいのよ。その時が来ても、苦しいのはほんの一瞬。短い我慢の時間が終わったら、すぐにゆりちゃんが迎えに来てくれるわ。先にあちらに着いたら、家とお庭を整えて待っていてちょうだい」

「ああ……ほんとうなんですね……」

老いと病に押し潰された二人は、目尻に涙を伝わせた。おくびにも出さなくとも、間近に迫った死はそれほど恐ろしかったのだろう。気がつけば、他の女たちも目に涙をにじませていた。

信徒の庭で会いましょう。伏せった二人が亡くなったときも、近所の疑いの目を逃れるため袂《たもと》を分かつときも、私たちはそれを合言葉に心を束ねた。

私に付き従う信徒はそれから十年の間に一人別れ、一人死に、また一人別れ、と数を減らし、一つ前の潜伏先でとうとう最後の一人になった。私たちは出産で体力が衰えている産褥《さんじょく》期の母親をターゲットにした、ベビーシッティング付きの整体院を開業し、そこそこに繁盛させた。

しかし二年も同じ場所に留まれば公安らしき人物が住居の周りをうろつくようになり、私たちは再び環境を変えざるを得なくなった。

「しばらく二人で暮らしているように見せかけます。そのあいだに、先生は逃げて下さい」

その女は私と同世代で、初めの寺にいた頃からの付き合いだった。女はしばらく私の手をさすり、悔しげに顔をしかめた。

「公安をまいてまた合流できたらいいけど、この膝ではかえって足手まといになってしまうかもしれません」

女は数年前の転倒をきっかけに膝を痛め、走ることが出来ない体になっていた。私は彼女の黒く濁った膝をさすった。今ではいくらさすっても、命の流れは澄み切らない。

「今まで本当にありがとう」

「先生とともに世界の仕組みを理解していく営みは、とても、とても、幸せでした。信徒の庭で待っています。次の人生でも、きっとお供させて下さい」

「また会いましょう。あなたもどうか、元気でね」

夜間に個人のトラック業者を呼び、ひっそりと荷物を積み込んで私はその家を出た。ゆりを連れて。

宝くんの母親を見るたび、私は私にすがってきた多くの信徒を思い出す。

「いくら言っても、私の言うことなんてまるで取り合ってくれなくて。あの人は、自分を甘やかしてくれる存在が欲しいだけなんです。赤ちゃんなの。……ふふ、四十路《よそじ》の赤ちゃんって、馬鹿みたいですね」

息子の登校中にひっそりと訪れる彼女は、息子の前ではけっして見せない、湿った苦しいけだものの顔をしている。私は敷布に寝そべった彼女の背に手を当て、生活の労苦と悲しみで濁った命の流れをじっくりと整える。

「あら……ごめんなさい。なんだか背中が温かくて。なんでだろう」

女の目尻からほろほろと涙が押し出される。私はなるべく柔らかく響くよう声を調整しながら言った。

「いいのよ。ずっと一人で頑張ってきたのね。体を見ればわかるわ」

「……先生といると、母を思い出します。機嫌が良かったときの母。ほんと、すぐにいなくなっちゃう幻みたいな」

とろけるような声で言って、宝くんの母親は寝入った。一時間ほどそのまま寝かせることにして、くたびれた背中に毛布をかける。

どこの町で、どんな名前で、どんな表向きの商売をしていても、私の周りには弱った女が磁石に吸い寄せられる砂鉄のように集まってくる。それだけわかりやすい破綻が、この世界にはあるのだろう。そして私は、それを繕うために遣わされた。

だけど、うまくいかなかった。

組織は崩壊し、信徒を失い、追い回されることに疲弊しながら年を取ってしまった。今生で私がこの力を十二分に発揮し、大衆を救済する機会はもう訪れないだろう。借りたものを踏み倒したような申し訳なさ、居心地の悪さが常にある。

気だるい気分で座椅子に背を預け、網戸の向こうに広がる真夏の庭を眺める。縁側に蚊取り線香を焚《た》いているため、時々清涼感のある匂いがこちらへ流れてくる。カーテンレールの端にぶら下げた、ガラス製の風鈴がちりん、と鳴る。

相変わらず、ハーブは順調に育っている。私はどこに行っても困らない。良いことも悪いことも、素晴らしいことも醜いことも、すべて命の流れのちょっとした作用で発生する。その仕組みを理解してしまえば、世界はあまりにも簡単だ。今日も美しい。きらきらと、秩序だった無数の輝きが見える。

その輝きの真っただ中に、黒い影がのっそりと姿を現した。

まばたきをする。うまく見えない。

少し遅れて、それが男だとわかった。黒いジャージを着た年寄りだ。無精髭《ぶしょうひげ》を伸ばし、白髪が後頭部ではねている。足元はなぜか緑色のスリッパ。膝が悪いのか、ふらふらと覚束《おぼつか》ない足取りで庭を横切ろうとする。

「ちょっと！　それ以上進まないでちょうだい」

男は今にもハーブを踏み潰さんばかりだった。こんな時、気軽に警察を呼べない立場であることが苦しい。ともかく声で制そうと、なるべく鋭い口調で言った。男は足を止め、顔の上半分にギュッと力を込めて目をしばたたかせる。

「アア、なんだあ松子《まつこ》か。帰ってきてたのか。オイ、流しの魚を始末しろよ。臭いんだよ。知ってるだろ？　腹んとこで二つにぶった切って、畑に撒《ま》いちまうんだ。あんな泥川の鮒《ふな》なんざ食えたもんじゃねえからよ」

けっけっけ、と咳《せ》き込むように男は笑う。まるで親しい身内に語りかけるような明るい口調だった。

松子？

一瞬、頭がこんがらがる。いや、私は松子なんて名前ではない。でも私の本当の名前……杣鳥美智子《みちこ》、は逃亡用の偽名だ。光太母《こうたいぼ》は教団内の尊称。おや、自分の名前がとっさに出てこないなんて、疲れているんだろうか。

不穏な来訪者の始末に困っていると、生垣の向こうで話し声が湧き、何人か慌てて走ってくる足音がした。まもなく、動きやすそうな運動着にエプロンを重ねた男女の二人組が庭に顔を出す。

「すみません、こちらに……ああ、千川《せんかわ》さん居た！　だめですよ勝手に出て行っちゃあ」

　若い男の方が千川と呼ばれた不審者の背に片手を当てて移動させようとする。千川は二人が来てからは急に大人しくなって、こくこくと頷きながら庭を出て行った。監督役らしい四、五十代の女が平謝りで私の方へやってきた。

「私たち、隣の『ニコニコひまわりホーム』の者です。ご迷惑をおかけしました」

「すぐに来てもらえて良かったわ」

「申し訳ありません。あの、今回の件ばかりでなく、本来ならもっと早くに伺うべきところを、ご挨拶が遅れて失礼いたしました。中庭でよく合唱や食事会を行っているため、ご迷惑をかける場面も多々あるかと思います。なにかお気づきの点がございましたら、お気軽に窓口までご連絡下さい」

　そう慣れた口調で言って、女はホームの電話番号が書かれたカードを差し出してきた。きっと様々な近隣トラブルを経て作られたマニュアルに沿っているのだろう。またあの男が迷い込んできたら面倒なので、ありがたくカードをもらっておくことにした。

　それで終わりかと思いきや、女は軽く唇を舐めて続けた。

「表に、健康教室、と張り紙があったのですが」

「ああ、それは……」

教室の概要を説明する。女は真面目な顔で何度か頷き、教室のチラシを手に帰って行った。

ようやく庭に静けさが戻る。衣擦れの音に振り返ると、宝くんの母親が体を起こしたところだった。

「誰か、来てた……?」

「隣のホームから、じいさんが迷い込んできたの。惚《ぼ》けちゃってて……私に向かって、オイ、とか、松子、とか呼びかけるのよ。いやになっちゃう」

「はは、だんだん頭の中だけ昔に戻っちゃうんですよね。数年前まで世話してた舅《しゆうと》もそうでした。私の名前なんて五回に一回出てくればいい方で、だんだんオイしか言わなくなって。犬猫でも呼んでるみたいで、気分悪かったなあ」

「具合はどう? もう少し背中を揉んであげようか?」

「ううん、もう夕飯の買い出しに行かなくちゃ——ありがとうございました」

女は財布から紙幣を取り出し、畳に並べ、鏡台をちらりと覗いて玄関へ向かった。

「あ……」

次回の予約はどうしようか、と彼女の名前を呼ぼうとして口が止まる。名前が出てこない。それどころか急に頭が真っ白になって、彼女と自分の関係性も吹っ飛んでしまった。なんだったっけ、ここは……隠れ家? なら、一緒にいるのは、えっと、鳥貝《とりかい》さん？　違う、鳥貝さんは膝を痛めたんだった。目の前の女はすたすた歩いてるじゃないか。ええと、ええと……黒津《くろつ》さん？　稲荷山《いなりやま》さん？　あ、稲荷山さんは死んだんだ。わかんないよ、だってみんな言うこともやることも、悩みの内容まで似てるんだもの。だからといって、オイ、だなんて呼べるわけがない。

「気をつけてね」

辛うじて口を動かす。女は浅く会釈をして出ていく。玄関の引き戸が開き、ぴしゃん、と音を立てて閉まった。

目の前にたくさんのじいさんとばあさんが、いる。ほとんどみんな、寝癖だらけの真っ白な髪を炎のように逆立てている。

じいさんとばあさんと言っても、恐らく年齢的には私と一回りも離れていないので、驚いてしまう。

「ここでゆっくり息を吐きます。ゆっくり、ゆっくり……ハイまだです、まだ。悪いものをぜーんぶ吐いてしまうイメージで」

レクリエーションルームに集まった十数人の高齢者のうち、半数ほどが私の合図で腕を回しながら大きく息を吐き出す。残る半分はぼんやりと宙を見つめ、時々スタッフが手を貸して腕の動きだけを真似《まね》ている。

「はい、それでは次、おへその下にきゅっと力を込めて。さっき言ったように意識して、意識して……続いてお腹の右側……左側。ゆっくりです、お尻……太もも……ふくらはぎ……はい、どーっと力を抜いて。リラックス、リラックス。体がほかほかしてきてるの、わかりますか？」

さすがに十数人に施術をするのは無理なので、代わりに命の流れを活発化させるエクササイズを行うことにした。三十分ほど運動し、もう三十分で特に具合が悪そうな数人の体をさする。

「ありがとうございます、みなさんいい刺激になったみたいです」

場を監督していた女性職員が上機嫌で言う。正直なところ、この場にいるのは生半可な施術ではもう意味がないほど肉体の衰えた人ばかりで、この教室に本当に成果があったのかというと微妙なところだが、謝礼はずいぶん良かったので、機会があったらまた是非、と笑い返す。

「沢子《さわこ》ォ、文鎮欲しがってただろう。持っていけよ。俺は要らないよ。あんたは素質があるんだから、また字を書きなさいよ。希望とか朝日とかさ、壁がぱっと明るくなるようなやつ」

レクリエーションルームの端のベンチで、先日私の庭にやってきた千川がお茶の入った紙コップを職員に押しつけながら、またわけのわからないことを言っている。

「千川さんね、若い頃はプレイボーイだったみたいで、色んな女の人の名前が出てくるんですよ」

私の目線を追い、苦笑いしながら目の前の女が言う。この女は先日私の庭にやってきた女と同じ女だろうか？　年頃と髪型が似ていて区別がつかない。そうですか、と曖昧に頷き、私はお金の入った茶封筒を受け取った。


お隣からこちらにやってくる抜け穴でも見つけてしまったらしい。

千川が、たびたび庭に現れるようになった。ラベンダーの茂みのそばにぺたりと座って、付けっ放しのラジオみたいにだらだらと益体《やくたい》もないことをしゃべりかけてくる。

「下の階のやつ、寿満子《すまこ》のことを変な目で見てたなア。気をつけろよ。あとで大家に話をつけに行こう」

「菊江《きくえ》ちゃん、工場で指を切り落としちまったんだって？　なぁに、マネキンの指をちょんちょんと切ってさ、代わりに付けておけば誰もわからねえよ。泣くな、泣くな、俺がかわいい手袋、探して来てやるよ」

「こう、つうっと、てのひらにのせた豆腐を水の中で切るんだ。そのつうっ、がいいんだよな。同じ作り方でも、親方の豆腐は俺が作るより何倍もうまかった。いい豆腐は醤油がいらないんだ。美津《みつ》にも食わせてやりたかったなあ」

こんな調子が、ずっと続く。近づいてはこないのでそれほどの害はないが、うるさくて仕方がない。千川は気が済むまでしゃべると、いつのまにかふらりといなくなる。囲いの中で暮らす屈託もあるのだろう、いずれは私もこんな風に錯乱して他人に迷惑をかけるのだ。そう念じて数日は見逃していたが、とうとう我慢の限界がきてホームに電話をかけた。

引き取って欲しい、としゃべり続ける男を横目に訴えると、職員が困惑の混ざった苦い声で言った。

「千川さんなら、レクリエーションルームでテレビを観ていますが……」

指先に、ぴりっと痛みが走った。

不審そうな職員の問いかけに言葉を濁し、静かに受話器を下ろす。

庭の影法師へ振り返る。千川に似たものは茫洋《ぼうよう》とした顔で座っている。

思えば、過去にこんな事例もなかったわけではない。特に、生への執着心が強い信徒が亡くなる前後には、いるはずのない場所で声が聞こえたり、姿が見えたりと、奇妙な現象がちらほら起こった。

つまりはこういうことだろう。千川は、よほどこの庭が気に入ったのだ。そして彼は死期が近く、魂が肉体から剝がれかけている。だからこうしてふらふらと、解き放たれつつある魂がそぞろ歩きをしているのだ。

そう考えれば、ちゃんと説明がつく。

説明はつくけれど、困った。私は少し前からやけに汗が出たり胸が苦しかったりと体調が悪く、祈禱《きとう》をして追い払うだけの体力がない。健康教室もしばらく休んでいた。まあ、放っておけばいなくなる。大きな鳥が庭でわめいていると思うことにして床についた。

千川がいると、ゆりも嫌なのだろう。最近は茂みに指を忍ばせてもなかなか手の感触が返らない。伏せってばかりで世話がおろそかになり、心なしか庭が荒れてきた。増えすぎたハーブが領域を広げ、他の草木に絡みついている。

私も、そろそろ終わりなのか。終わりなら終わりでいい。ゆりに連れられて信徒の庭へ赴き、転生に備えるとしよう。今度こそ、うまく務めを果たさなければならない。

今日も世界は美しい。あの黒々とした影法師を除いて。

一番厄介なのは、私が自分の名前を思い出せないことだった。日常生活は杣鳥美智子でやり過ごせる。心配した近隣住民からの訪問も、宅配を手配した食材の受け取りも。

ただ、千川の戯《ざ》れ言《ごと》には参った。私は断じて彼の昔話に出てくる女ではないのに、自分の中に曖昧な部分があるせいで、油断するとぐらりと目の前が傾ぎ、千川が語る光景が私の記憶にもあったような、自分が松子であったり寿満子であったり菊江であったりしたような、そんな怪しい惑乱に陥ることがあった。

松子や寿満子や菊江になるのは恐ろしかった。この世の仕組みを知らず、命の輝きも知らず、ただ漠然と生きて、苦しみ、死んだであろう女たち。私が助ける側の、人生の労苦に囚《とら》われた女たち。

いやだ、と思う。彼女らのようになりたくなくて、私はすべてを――大切な、大切な息子すら捨てて、逃げ続けたのではなかったか。

いや、息子が私を捨てる方が早かっただろうか。あの子は私の信仰を理解しなかった。私を、信じなかった。いつしか息子の私を見る目に一粒の諦めのようなものが混ざるようになり、私はその一粒が怖くて、息子が私を捨てる日が本当に怖くて、捨てられるより先にあの子を捨てたのではなかったか。

ああ、考えがまとまらない。千切った紙のように拡散し、頭の中を散らかしていく。私の世界はいつだって、秩序に守られていたのに。

お前のせいだ、と草むらに座る影法師に向けて憎しみが噴き出す。言わない方がいいとわかっていた。言えばさらにややこしいことになる。ああいうものと、話をするべきではないのだ。それなのにどうしても殴ってやりたい気分になり、ガラス戸を開けて言ってしまった。

「いい加減にしなさいよ！　そんな女の子、本当は一人もいなかったんでしょう。幻に逃げて、みっともない」

千川の影法師はぼんやりと無邪気な感じで笑っている。罵倒が応えたようには見えない。

男の口が、動く。聞いてはいけないものが来る。

「ゆりは気の毒だったなあ。生きている間も死んだ後も、誰にも見てもらえないで」

「なにを……」

「でも、大人になってものを考えるようになったら、自分を見るのをやめて他の誰かを見るなんて、とても出来ないことなのかもしれないな。まだ親を見ることしか知らない子供は、いとけなくて悲しいものだよ」

責めるでもなくなじるでもなく、それまでと変わらない世間話みたいな声で言って、影法師はゆらりと仰向けに倒れた。草陰に溶けて見えなくなる。

ゆり、と思わず口をつき、私は縁側から飛び降りた。着地の衝撃で足首に痛みを感じつつ、靴下のまま湿った草を踏みしめ、あちこちの茂みに腕を突き入れて掻き回す。なめらかな少女のてのひらは、いくら待っても私の手を握ってくれなかった。

日が陰り、藍色の影が庭を覆っていく。

そんなはずはない。

そんなはずはないのだ。

体中に冷たい汗がにじむ。息苦しい。どくどくと鳴る胸を押さえて縁側を這い上がった。泥の染みた靴下を脱ぎ捨て、和室の押し入れから苦労して未開梱《みかいこん》の段ボール箱を引っ張り出す。引っ越し以来、なにかと慌ただしくて開けるのを忘れていたものだ。中には本だの、写真だの、雑貨だの、捨てづらいけれどすぐには必要としないものが詰め込まれている。

その箱の、下の方に入っていた十数冊のノートを取り出す。私が息子の体質改善のために集めた知識、効果のあった食材や健康法、山で集めた薬草などをまとめた記録だ。途中からは、教団での暮らしを綴《つづ》った日記代わりになっている。

薬草蒸し……開眼の儀を行っていた頃の記述はすぐに見つかった。薬草のスケッチ、似た草との見分け方などが詳細に描き込まれ、大きくページが割かれていた。

そしてそれから数ページも離れていないところに、その週の入信者をまとめた走り書きを見つける。あまりに信徒の数が増えて顔を覚えるのも一苦労だったため、当時の私にはその日初めて会った人間の印象を書き留めておく習慣があった。

『午後、入信希望二名
ハクラ母娘　興行師？　ツジウラ？　失せ物探し　病当て
母親は金にヒッパクしている　経理に近づけないこと　娘は無口』

娘は無口。

これだけだった。私がゆりに対して持っていた認識はこれだけ。

体を取り巻く光だったり、特別な子供だという直感だったり、そんな記述は一文字もない。それらの記憶は、紫陽花に初めて腕を差し込んだ日、私の頭が状況を都合よく解釈するために編み上げたものだったのだろう。

ゆりは、私を恨んでいただろうか。

私を地獄に落とすため、恨んで付いてきてくれたならまだマシだ。そうではなく、今まで私の手元に降り落ちた啓示の数々が、ただ自分の両手を茂みの中で握り合わせていただけのことだったなら。

私は一度たりとも、世界に触れたことなんてなかったのだ。


「杣鳥さん、回覧板でーす。どお？　腰痛治った？」

近所に住む女が訪ねてくる。私はもう、彼女の名前を思い出すことを諦めている。はーいちょっと待ってね、とにこやかに言って回覧板を受け取り、その場で中身を確認する。この女は親切で、私が読み終わった回覧板をいつも次の回し先へ届けてくれる。玄関の上《あ》がり框《がまち》に腰を下ろし、私より二回りほど年下の彼女は暑そうにシャツの襟元を寛《くつろ》げた。リサイクルゴミの分別が変更になったこと、通学路の拡張工事の日程について。女が嚙み砕いて伝えてくれる情報に頷きつつ目を通し、最後に確認欄に署名をした。

「ん……あなた、もしかして右肩を痛めてる？」

女の動作に、どことなくぎこちなさがあった。抜けるべき力が不自然に溜まって、関節を硬直させているような。ここで目を凝らせば、またあの光の流れが見えるのだろう。見たいものを見ないようにして、女の首筋から肩、続いて肩甲骨の方向へと、てのひらの付け根に力を込めてぐぐっと押し流す。女は、ああ、と感じ入ったような息を吐いた。

「一昨日《おととい》から全然腕が上がらなかったのに、軽くなっちゃった。杣鳥さんってすごいわねえ。整体の先生っていうより、仙人とか魔法使いみたい」

「そんなに大したことじゃない。なんとなくやってるだけよ」

意味を考えることへの、心地よさと恐ろしさを思う。私は他人の体の不調が見える。恐らくは手足の動かし方であったり、体重のかけ方であったり、特定の箇所を動かさないよう庇う仕草であったり、そういうものを人よりも多く拾い集めて状態を察することが出来る。ここで起こっている現象はそれだけなのに、なんのための力なのか、なぜそれが出来るのかなど、意味探しや解釈が始まると、途端に私の頭は濁っていく。視界に紗《しゃ》がかかり、閉鎖的で甘美な物語を紡ぎ始めてしまう。

上機嫌になった女を見送り、庭に面した和室へ戻る。座椅子にもたれ、鬱蒼《うっそう》とした庭をぼんやりと眺めた。今では雑草もハーブも一緒くたになって、渾然とした草の海を形成している。外周に植わっていた花のうち、弱いものはハーブに養分を奪われて死んだようだ。どこもかしこも、野蛮な緑に覆われている。

いつしか草に埋もれる形で千川の影法師は見えなくなった。それでも朗らかな声は滔々《とうとう》と、泉のごとく草の陰からあふれ出してくる。

「なあ里美《さとみ》、地獄と言われたらなにを思う？　俺は鯉《こい》だよ。池の鯉。子供の頃、近所の金持ちの家に池があって、晴れ着でも着ているみたいに鮮やかな柄の錦鯉がうようよ泳いでたんだ。飼い主は気のいい親父でな。縁日ですくった金魚を持っていって、鯉と一緒に池に住まわせてやってくれって頼んだら二つ返事で了承してくれた。俺はビニール袋を開いて、かわいい金魚らを池に流し込んだ。一瞬だったよ。殺到した鯉に、金魚が食い尽くされるまで。水面に無数に浮かんだ丸い口が、俺が思う地獄の景色だ」

口上が終わるとにわか雨でも降りそうな生臭い空気が立ちこめ、びちびちと草の根元が波だった。見れば無数の丸い口が、獲物を求めて喘《あえ》いでいる。その口の内部に赤いものが弾んでいるのを見て、ひ、と息を吞んで後ずさった。

ゆりの話をして以来、影法師が恐ろしいことばかり語るので私は庭へ降りられなくなった。あるときは上空から機銃掃射される話、あるときは暗がりに引きずり込まれて暴行を受ける話、あるときは身内に財産を奪われた話、あるときはなんの報いもなく牛馬のごとく働かされて死んだ話。

そしてあるときは、もがき苦しんだ末に亡くなって、遺体を冷たい山に隠された話。私のくびきを外れた庭は、そのたびにぞわぞわと蠢《うごめ》いて恐ろしい幻を見せた。なによりも恐ろしかったのは、その地獄の一つが私の手で作り出されたものであることだ。私はずっと、心のどこかで、ゆりの遺体が見つかったことを惜しく思っていた。見つからなければ指名手配を受けることもなく、教団を再建できたのに、と悔やむ部分があった。

見つかって、よかったのだ。誰にも弔われず、気づかれず、あの子が一人で山に残されないで本当によかった。他人を癒やす能力でも、他人を自分の狂気に巻き込む能力でもなく、それこそが私が私の人生で受け取った、一つの確かな光だった。

鱗《うろこ》を光らせた赤白黒の艶《あで》やかな地獄が過ぎた頃、影法師は穏やかな声で続けた。

「お前がうたたねしている姿を見たことがある。うっすらと暖かい日でね。一緒に貰《もら》い物の羊羹《ようかん》でも食おうと立ち寄ったら、お前は畳に足を投げ出してくうくういびきを掻いていた。おーい倫子《のりこ》ォ、と呼びかけても起きやしない。障子戸のすき間から伸びた日差しが、お前の足首を染めていた。こつんと突き出たくるぶしの骨だとか、皮膚からほんのり透ける桃色だとか、くぼみに指を当てれば血管が生真面目に脈打っているのだろうなとか、そんなことがたまらなく嬉しく思えて、いいものを見た、って羊羹をぶら下げたまま涙が出た。そんな一日があったんだ」

庭に、すうっと心地よい風が抜けた。

名前を忘れた私は、里美にも倫子にもなって涙ぐむ。松子にも沢子にも寿満子にも菊江にも美津にもなる。そして時々、ゆりにもなる。薬草蒸しで酩酊《めいてい》した日、親族に弾《はじ》かれ、最愛の息子に疎まれた疲れた自分の寝姿を、私はいとしく思ったはずなのに。いつのまにか、みじめだからと忘れてしまった。

庭はますます混沌《こんとん》を深め、私は刻一刻と変わる様相に一瞬たりとも慣れぬまま、美しくて醜い景色に見とれている。この世から逃げたくて仕方がない。それと同じくらい、この先にどんな地獄が待っていても、この世に触れたくて仕方がない。

入り乱れる幻がいくらか収まった明け方、そっと裸足のつま先を縁側から垂らした。茂った草に、親指を触れさせる。草の根元がぐにゃりと歪み、無数の魚の口がパクパクと開閉する。魚の口は冷たい針のむしろになり、発射される間際の銃弾になり、最後にはびっしりと皮膚を埋め尽くす赤黒い発疹になった。目眩《めまい》をこらえて体重を傾け、両の足をそうっと、痛ましく爛《ただ》れた人間の皮膚へ下ろす。

痺れるように冷たい土の地面が足の裏を受け止めた。

大島道子《おおしまみちこ》、と出欠をとる教師の声が耳によみがえった。はい、と青くさい少女の声が応じる。唇が動いた。はい、私は、ここにいます。

ままごと

動物の住処《すみか》みたいだ、とまず思った。ぼろくて、薄汚れていて、内部に影を溜めている。南向きの狭い庭がついているが、茂り過ぎた樹木や雑草が雨戸に被さり、家の輪郭を呑み込んでいる。

玄関を開けたら、普通に中からカモシカぐらい出てきそう。そんなことを思いつつ、満《みちる》が大家から預かった鍵を引き戸の鍵穴に差し込むのを見守る。満は緊張でもしているのか、顎の付け根に力の入った硬い表情をしていた。

からら、と想像よりも軽い音を立てて戸が開く。カモシカの代わりに姿を現したのは、細長い木の廊下だった。一番奥の左手の空間が台所だろうか。外観よりも奥行きがあるように感じる。

玄関の三和土《たたき》には蜘蛛《くも》の巣が張り、柱は傷だらけ、襖は破れてこそいないものの、大きな染みがついている。

「本当にこんなところに住むの？」

聞いても、満は返事をしない。軽く腕を組んで磨《す》りガラス越しの鈍い光が差し込む台所を見回し、続いて、和室に入った。畳に腰を下ろし、ぼうっと天井を見上げている。

「暗いよ。電気ぐらいつけよ？」

幸い照明器具の電球は前の住人が残してくれていた。電灯から垂れた紐を引くと、黄色っぽい光が漠然と部屋を照らした。

「やっぱりさあ、古いし、ぼろいし、ナイよ。ナイ。ゴキブリとかばんばん出そう。……家に帰りたくないなら、これまで通り私のマンションに居ていいから。こんなところにみっちゃんを一人にしたら、私がお母さんに怒ら」

「朔《さく》ちゃん、あっちの雨戸開けてくれる？」

満は私の話がまるで耳に入っていない様子で庭に面したガラス戸を開け、足元の錠を外して重そうな金属製の雨戸をスライドさせた。

草の海が目の前に広がり、透明な波みたいな初夏の日差しが一瞬でたぷんと部屋を満たした。白い百合が一輪、二輪、と鮮やかな緑に溺れながら密《ひそ》やかに顔を覗かせている。他にもピンクや紫の小さな花が庭のあちこちで咲いているものの、正直なところ花の名前なんて、百合と桜とひまわりぐらいしかわからない。

家の中が暗かったせいか、外がやけに眩しく感じられた。頼まれた通り、私は隣室の雨戸を戸袋に押し込み、網戸が置かれた方のガラス戸を細く開けた。土と草の匂いが混ざった風が、埃っぽい部屋の空気を押し流していく。

「……荷物が来たら起こしてね」

そう言うと、満は羽織ってきたカーディガンを丸めて枕代わりにして、ごろりと畳に寝転がった。

「え、寝るの？」

「うん、すごく静かだからかな。眠たい」

「よくこんな汚い場所で眠れるよ。虫とか落ちてんのに」

「荷物を受け取ったら、ホームセンターに掃除機買いに行く」

「ホームセンターなんかあった？」

「うん、来る途中に看板が見えたよ。あと、スーパーも」

満は本当に目を閉じてしまった。

背中へ届く真《ま》っ直《す》ぐな黒髪が、色《いろ》褪《あ》せた畳に広がっている。奥二重の涼しげな目元、ふっくらとした形のいい唇。満はそれこそ百合の花のような慎《つつ》ましく清潔感のある容姿をしている。それしか取り柄がない。

それしか取り柄のない人なのに、こんなところまで逃げてきてしまった。

和室の入り口に置いたままになっていたトートバッグから、ピロン、と小さな電子音が鳴った。そちらへ向かい、ハンカチや財布、文庫本などが入ったバッグから手探りでスマホをつかみ出す。

光が点ったディスプレイには、ＳＮＳを通じた母親からのメッセージがポップアップされていた。

『お姉ちゃんは元気？』

その場にしゃがみ、私はたった一行のメッセージへの返信を長いこと考え続けた。


「お姉ちゃんって、もうすぐ結婚するって言ってた、あの？」

竹平《たけひら》くんはローテーブルに頬杖をつき、手にした黒のボールペンをくるくると回しながら聞いた。

「あの、もなにも、一人しかお姉ちゃんいないよ」

「あれ、他に誰かいなかったっけ」

「虎徹《こてつ》って、高校生の弟がいる」

「ああそうだ、虎徹くん。次期社長の」

「まだそう決まったわけじゃないよ。本人はいやがってるくらいだし」

「いいなあ、ぜひその権利を譲ってほしいわ。もうエントリーシート書くの飽きた。社長になりたい！」

「一族経営の二代目なんて、周りが言うこと聞かなくて大変だよ？」

「椅子にふんぞり返って、はんこだけ押してればいい社長になりたい」

「そんな人いませーん。真面目に就活してくださーい」

げしげしと竹平くんの背中を足の裏で軽く蹴る。竹平くんは眉を下げて笑い、書きかけのエントリーシートに目を落とした。

「朔ちゃんはいいよな。ここに行きたいって言ったら親父さんが二つ返事でコネをたぐってくれるんだから」

「でも、完全に自由ってわけじゃないよ？　こういう業界はダメだとか、ここは商売敵だからやめろとか、色々しがらみもあったし。私の勤め先も、お父さんの中で先にいくつか候補があって、広告の仕事がやりたいって言ったら、じゃあ知り合いのここだなって決まった感じ」

「ウケる、親父さんがもう就活サイトじゃん」

いいなあいいなあと竹平くんはのどかに繰り返す。私はなんとなく面白くない気分で彼の大きな背中を眺めた。

和菓子屋の下働きから一代で地元有数の製菓会社を興した私の父は、けっして甘い人ではない。私が仕事に向いていないタイプだったら、絶対に就職の仲介なんかしなかっただろう。娘を付き合いの長い広告代理店に入社させることが、巡り巡って光坂《こうさか》製菓のためになる、と踏んだからこそ仲介したのだ。正直なところ、人がいい代わりに野心の乏しい竹平くんがもし私の立場だったとして、重要な取引先にコネで入社させてもらえたとは思えない。せいぜい姉の満のように、とりあえずうちの会社で裏方でもやっておきなよ、ぐらいじゃないだろうか。

父は自分の作った会社を愛している。総勢三百名に上る従業員の人生に責任を持ち、地域を支えている。立派なことだと思う。

「それで、お姉さんは大丈夫なの？　実家と連絡取ってないんだろう？」

よっぽどエントリーシートを書くのに飽きているのか、それとも実はこうしたゴシップが好きなのか、竹平くんは再びふらふらと私の家にまつわる話題を振る。

「大丈夫かどうかって言うと、大丈夫じゃない気がするけど、うん」

「今どき政略結婚とかほんとにあるんだねえ。やっぱりいいとこの家は違うな」

「んんー、どうだろう。写真を見て、お互いに了解してって流れだから、お見合い結婚とそう変わらないと思うけどなあ」

満のことを考えると、ついつい眉が寄った。頭がいいわけでもスキルがあるわけでもない、三十手前のぼんやりとした人が、いきなり縁もゆかりもない田舎で一人暮らしなんて、一体なにを考えているのだろう。てっきり彼女は両親の勧め通りに眉村《まゆむら》さんと結婚すると思っていたのに。

眉村豊《ゆたか》さんは、満より十ほど年上の、確実に将来は光坂製菓の役員職まで上り詰めると噂される優秀な社員だ。素朴で嫌みのない顔立ちをしているし、性格も温厚そうだし、なにより仕事が出来る。彼が会社の秘書課を手伝っていた満との縁談に意欲を示したことで、色々な意味で光坂家は安泰だろうと、父も母も、私だって胸を撫で下ろしていた。

だけど見合いのあと、満は急に実家を出たいと言い始めた。大学の近くに借りた私の学生向けマンションに転がり込み、しばらくすると電車で二時間近くかかる他県の田舎に物件を見つけ、勝手に一人暮らしを始めてしまった。

「お見合い相手が、よっぽど嫌な奴だったってこと？」

「でも、良い評判しか聞かないけどなあ」

父の秘書であったり、営業や企画の偉い人であったり、仕事終わりに招かれて実家でよく夕飯を食べていく社員たちは、誰もが眉村さんを「あの人なら安心」「絶対に満さんに不自由させない」と褒めていた。他にも春休みに帰省した際、実家の庭で催されていた新入社員を歓迎するバーベキューパーティに顔を出したところ、酒の入った社員たちからは二人の見合いを祝う声ばかり聞いた。眉村さん真面目だしイケメンだし、社内でも狙ってる子は多かったんだよ。台所で肉や野菜を切り分ける女子社員たちの話に頷きながら、姉は幸せになるのだ、と安心したものだ。場の中央ではエプロンをつけた眉村さんがグリルでせっせと具材を焼き、満が笑顔でそれを周囲に配っていた。

「マリッジブルーってやつじゃない？　たぶんそのうち落ち着くよ」

というか、落ち着いてくれないと困るのだ。婚約が成立するかしないかの許されるはずもないタイミングで、満は出て行ってしまった。下手にばれると、あんたなんで止めなかったの、と批難がこちらに及びそうで、私はそれを両親に言っていない。お姉ちゃん自分で言ってよ、私は知らないからね、と釘《くぎ》は刺したが、満がわざわざ連絡をしたとは思えない。

思わずため息が漏れた。価値観の古い家と天然な姉の間で、板挟みになっている気分だ。でも、子供の頃からこんなことの繰り返しだった気もする。

十年ほど前だっただろうか。当時高校生だった満が急にフライトアテンダントになるための専門学校に行きたいと言い出したときも、ずいぶん揉めた。両親は共に家族は一緒にいるべきだという考えを持っていたし、二言目にはハイジャックやテロにあったらどうするんだと、極端な不安を露《あら》わにした。人の世話をする仕事がしたいなら、と周囲に説得され、結局満は地元の女子大の家政学部に入った。

満だって悪いと思う。今回の一人暮らしにしても、フライトアテンダントの話にしても、なにもかもが唐突なのだ。それまでに折を見て、ああしたい、こうしたい、と伝えてくれれば周囲だってある程度の心構えが出来るし、味方になってくれる人も出てくるだろう。ある日いきなり思いついたように言うものだから、みんな混乱する。場の流れが読めず、根回しや交渉が出来ないどんくさい人なのだ。父が早くから「あいつに商売は無理だ」と言っていたわけがよくわかる。

「朔ちゃんも、マリッジブルーになる？」

物思いに耽《ふけ》っていたため、肩越しに向けられた唐突な質問に、とっさに反応できなかった。

「は？」

「いや、だからさ、三十ぐらいには結婚したいって言ってただろう？」

「あー、そうだっけ、うん。……ならないんじゃない？　自分で結婚するって決めたのに憂鬱になるなんて、要するにちゃんと考えられていないってことでしょう。私、そういうタイプじゃないもん」

「そうだよな、朔ちゃんはしっかりしてるもんな。いいこいいこ」

竹平くんは急に手を伸ばして、私の頭を撫で始めた。

「もし朔ちゃんが三十になって結婚してなかったら、俺、花束持ってプロポーズしに行くから」

たまに彼は、よくわからないことを言う。私たちは付き合っているのに、どうしてわざわざ私が三十歳になったときには別れているかのような物言いをするのだろう。しかもやたらと私の顔を見つめて、なにか言って欲しそうな感じだ。もしかして、なに言ってんのそのときまでずっと付き合ってるに決まってるじゃない的なセリフでも期待されているのだろうか。めんどくさい。

大学二年の春に告白され、親切だし、外見もいやじゃないし、もうすぐ夏祭りとか色々あるしで付き合い始めたけど、竹平くんはちょっとねちっこい。一緒にいると時々、彼だけでちゃんと一人の人間として立ってるわけではなく、常に私に絡みついてつっかい棒にしたがっているような、そこはかとない執着心を感じた。

とはいえ、物腰は柔らかいし、頼めば何でもやってくれるし、周囲からは良い彼氏だと思われている。私も違和感をうまく捉えきれずに、ずるずると一年も付き合ってしまった。

竹平くんはやたらと私の部屋に来たがる。満が部屋にいる間は、断る口実があって楽だった。満がいなくなり、また彼が入り浸るようになって初めて、私はこの人を重荷に思ってたんだな、と気がついた。

「来週は私、いないからね」

つい、そんなことを口走っていた。

「え、でもバイトは辞めたし、弓道部の合宿は夏休みに入ってからだし、しばらく予定ないんじゃないの？」

竹平くんはテーブルの上に置かれた卓上カレンダーを確認しながら言った。日付が入ったマス目にはバイトや部活、友人と遊ぶ約束など、私の予定をカラーペンで書き込んである。共有しておきたいから、と竹平くんに頼まれて用意するようになった。いつのまにか、なんの予定もない真っ白な日は私の家で二人で過ごすことが暗黙の了解みたいになってしまった。竹平くんが訪ねてきたときに外出していたり、メッセージにすぐ返信できなかったりすると、やたらと心配されてたくさん電話がかかってくる。

「いや、お姉ちゃんちの庭の草刈り、手伝うから」

「大変そうだなあ、俺も行こうか？」

「いらないよ。そんなに広い庭じゃないし」

「そっか、気をつけてね。刃物でけがをしないように。――もし離れてる間に地震とかあったら心配だし、一応お姉さんの家の住所と連絡先、教えておいてよ。なにかあったら迎えに行くから」

「大げさだなあ、大丈夫だよ」

またよくわからないタイミングで頭を撫でられる。私は「コーヒー飲みたい」と立ち上がり、その手から逃れた。

「あ、なら俺がいれるよ。朔ちゃんは座ってて」

優しく言って、竹平くんはあとをついてくる。

軍手をはめた左手で雑草の束を引き、根の部分を少し土から覗かせて、そこを右手の鎌でぶつりと切る。

雑草は根まで抜かなくてもいい、葉の部分さえしっかり切れば、もう生えてくることはほとんどない、と教えてくれたのは近所に住む大家さんだ。実家では私も満も草刈りをしたことがなく、草の捨て方だけでも聞こうと大家さんに電話したら、道具を貸してもらえることになった。「ちょっとあの人、話が長くて苦手」と尻込みする満の代わりに、私だけ徒歩数分の距離にある大きな日本家屋を訪ねた。

「よくもまあ、あんたらみたいな若い娘さんが、好きこのんであんなぼろ家を借りるよ！　おたくのお姉さん、あの有名な菓子屋に勤めてんだろう？　このへんに店でも作る気かい？　まさか、最近の古民家ブームに乗ってってわけじゃねえだろ？」

大家さんは、日焼けした首に白いタオルをかけたごま塩頭のおじいさんだった。どうやら満は大した説明もせずに入居したらしい。ぼうっとしたまま、曖昧な受け答えで契約する姿が目に浮かぶ。

少し、迷った。光坂製菓に関する中途半端な噂が流れるのは、会社にとっていいことではない。ネットでいくらでも情報が拡散・保存される時代に、創業家の娘が家出していいます、なんて話をわざわざ漏らすべきではないだろう。姉に関する情報は、出来るならここだけの話として、このいかにもしゃべり好きっぽいおじいさんの胸ひとつに留めておきたい。

私は深刻な表情を作って口元を押さえ、言葉にするのをためらう素振りで、少しずつ切り出した。

「実は、姉は……付きまとい、っていうんですかね。知らない男に追い回されて、それで、とにかく距離をとった方がいいだろうってことで、引っ越してきたんです。だから申し訳ないんですけど、彼女がここにいることはあまり……」

「あーそういうことか！　たまにあるんだよな、元恋人がどうだの別れた旦那がどうだの……わかった、じゃあ気をつけて暮らしなさいよ？　妙な奴が来たら電話してな。朝でも夜でも、五分で行ってやっから」

「ありがとうございます」

騙して悪い気もするが、よく知らない地域で暮らしていくには不安も多いため、親身な大家さんが居てくれることはありがたい。

「ってことは、その付きまとい騒動が終わったら、お姉さんは出て行っちまうのかね」

「え、ああ……そうですね、そう遠くないうちに」

「そうかあ、うん。わかったわかった」

幾度か小刻みに頷き、大家さんは鎌、軍手、日差しよけの麦わら帽子、虫よけスプレーといった草刈りに必要な一式を貸してくれた。おまけに熱中症予防の塩飴《しおあめ》まで、一つかみレジ袋に入れて渡してくれる。なんでも私が来る前、庭で草刈りをしていた満が熱中症になりかけていたのを助けてくれたらしい。おかげで私たちはすっかり「ものを知らない危なっかしい若い子」扱いされている。

「とにかくこまめに水を飲んで。飴も、作業中はずっと舐めてるぐらいでちょうどいいよ」

「はい。ありがとうございます」

私は、姉ほど間抜けじゃないです。一緒くたにされる不満を腹に押し込み、頭を下げた。

花をつけそうなものや、明らかになにかしらの野菜っぽいものは避け、太く青々とした雑草を刈っていく。まだ午前中だというのに日差しは強く、作業を始めて十分も経たないうちに全身から汗が噴き出した。大家の真似をして首にかけたタオルで、目元のくぼみと鼻の下に溜まった汗をぬぐう。

家の中からは、木槌を固いものに打ち付ける重たい音が響いてくる。満が通販で買ったテーブルを組み立てているのだ。台所に置きたいらしい。草刈りで熱中症になるくらい迂闊《うかつ》な人なので、正直なところ木槌とか危ないものは使って欲しくないのだけど、仕方がない。痛いとか指を叩いたとかそんな悲鳴が聞こえないよう祈りつつ、こちらも鎌を使い続ける。

切断された植物から漂う青くさい匂いに、ふと、芳《こう》ばしい香りが混ざった。顔を上げると、人の背丈ほどの生垣の向こう側に人影が見えた。生垣はところどころ穴が空いていて、簡単に隣の様子がうかがえる。それまで意識していなかったけれど、どうやら隣はなんらかの施設らしい。整えられた芝生を踏んで、ポロシャツの上にエプロンをつけた女性が歩いてくる。右手の指に煙草が見えた。

枝葉の隙間越しに、目が合った。年齢は私より一回り上くらいだろうか。ざっくりとしたショートカットと鼻の周りのそばかすから、活発そうな印象を受ける。彼女はまるで悪戯《いたずら》が見つかった子供のようにはにかみ、煙草を私から遠ざけた。

「こんにちは。ごめんね、煙《けむ》くして」

「いえ、平気です」

「お隣さん、いつ引っ越してきたの？」

「先週です」

「草刈りしてくれるの、助かるなあ。草の種がこっちまで飛んできて困ってたんだ。あの大家の狸《たぬき》じじいに文句言っても、全然やってくれないし」

「狸じじい」

思わず笑った。確かに、親切だけど抜け目のなさそうな雰囲気が狸っぽい。女性は煙草をくわえ、私とは反対の方向へ細く煙を吐いた。

「前の人は庭に無頓着だったから、その頃からもう茂り放題で、野良猫どころか狐《きつね》や狸が中に住んでたっておかしくないって、みんなでよく話してたんだ」

前の人、という言葉に脳が少し驚いた。そうだ、こんなに古い賃貸物件なのだから当然、前の人がいるのだ。

「前は、どんな人が住んでたんですか？」

「えーっと……三十そこらの、男の人だったかな？　二人で住んでたよ。親族だとか、そんな感じで。でも、兄弟じゃなかった気がする」

「そうなんだ」

なんだか想像がつかない。兄弟じゃない、でも親族らしい三十過ぎの男性が同居するなんて、一体彼らはどんな人生を送っていたのだろう。

施設の扉が開き、中からくわえ煙草の女性と似た格好をした年配の女性が顔を出した。彼女が押している車椅子には、片手でつかめてしまいそうなほど首の細い、白髪頭のおじいさんがうつむき加減で座っている。全身の肉がそぎ落とされたように痩せていて、着ているジャージがぶかぶかだ。

「あーまた煙草吸ってるー。来須《くるす》さん、三階で人手が足りないみたいで、ちょっと行ってくれない？」

「はーい」

来須と呼ばれた女性はポケットから取り出した携帯灰皿に煙草をぎゅっと押し込み、続いて四角いプラスチックのケースに入ったミントタブレットを口に放り込んだ。じゃあね、とそれを噛みながら手を振り、建物に入っていく。

「で、き、たー！　ねえ朔ちゃん見て見て、ほら！」

はしゃいだ声に振り向くと、満が出来上がったテーブルを抱え、縁側に運んで私に見せようとしていた。

「持ってこなくていいから！　あー脚、脚に気をつけて、引っかかって転ぶよ！」

庭の端に鎌や軍手を置き、急いで家に上がってテーブルの脚を支えた。

昼食は、満が冷やし中華を作ってくれた。出来たばかりのテーブルに皿を並べ、立ったまま食べる。

「椅子も買わなきゃだねえ」

焦げひとつない春の花みたいな錦糸卵《きんしたまご》を口に運び、満がしみじみと言う。冷やし中華の具は他に、焼き豚とわかめとトマトとキュウリだった。大学で栄養学を専攻しただけあって、満の料理はバランスがいい。味付けも、ちょうどいい甘酸っぱさだ。

「というか、昨日まではどうやって食べてたの？」

「んー、そこの畳にあぐらをかいて、適当に鍋からそのまま」

「雑だなあ」

「なんかだるくて、昼寝ばかりしてたよ。朔ちゃんが来て、テーブルも届いたら、しょうがないやるかあってなったけど」

密度のある睫毛《まつげ》を上下させ、満は緩慢に麺をすすった。

「からっぽの家でぼうっとしてるのも、いい時間だった」

「別にいいけど、庭でぼうっとするのはやめてよ。熱中症とか恥ずかしすぎるわ」

「あれは……だってさー、お隣の人たち怖いんだよ！　私が庭に出てるとみーんな、新しい人ですか？　草刈りしてください、ってそればっかり言うの。嫌がらせかと思った」

「嫌がらせじゃなくて、ただのご近所さんからのお願いでしょう。っていうか、だからって素手とキッチンばさみで草刈り出来るわけないじゃん！　信じらんない」

「こういうときって、大家さんを頼っていいんだねえ。知らなかった」

私より六つも年上なのに、満は少女みたいに間の抜けたことを言う。でも、きっとそういうものなのだろう。私は能力を父に見込まれ、実家から離れた大学に行ったことで色々と経験出来たが、満みたいにのんびりしたタイプはずっと親元で甘やかされ、少女のような気質を持ったまま育つのだろう。

「初めはどうかと思ったけど、もしかしたらこうして一人暮らしする機会が出来て良かったのかもね。あのままみっちゃんと結婚したら、絶対に眉村さん苦労したもん」

そうだ、いざとなったら、今後のための生活力をつけたいと満が言い出したことにしよう。そういう文脈なら両親に説明しやすい。一つ厄介ごとをクリアした気分で冷やし中華を食べ進む。満は私の言葉には答えず、台所と和室を見比べた。

「あーでも、椅子……うーん、あっちの部屋にちゃぶ台を置けば、椅子は要らないのかなあ」

「よく考えて、計画的に買った方がいいよ」

私が借りた学生向けマンションには一通りの家具家電がそろっていて、それが売りだったけれど、満が借りたこの家は、初めは本当になにもなかった。入居した初日にホームセンターで冷蔵庫と洗濯機と掃除機は見繕ったようだが、それ以外はこれからそろえていくことになる。

ふと、満がテーブルの天板を見つめた。冷やし中華の皿からはねた汁が、クリーム色の木肌に小さなしみを作っていた。

「ああ、こういうざらざらした……ニスを塗るとか、そういう表面の加工がされていないテーブルは、なにか上に被せないと、零したときにしみになっちゃうんだ。安いからつい選んじゃった。だからお店のテーブルには、あの、透明でぶよっとしたビニールクロスがかかってるんだね」

言われてみて、確かに、と思う。ということは、このテーブルを快適に使うためには、なんらかのカバー類も買わなくてはならない。生活を一から作り上げるのは想像以上に細かくてめんどくさい作業だと実感する。

庭からやけに明るいピアノの音色が流れ込んできた。目を向けると、生垣の向こうに十人近い人が集まっている。さん、はい、と職員の軽やかな音頭に合わせ、彼らは聞き覚えのある歌を歌い始めた。

「あー、なんだっけ、これ。知ってる。……いっちにっちいっぽ、みーいかでさんぽ」

「運動会とかでよく流れてたね」

満は驚いた様子もなく、空になった皿を流しへ運んでいく。

「え、もしかして毎日歌ってるの？」

「うん。曲は違うけど、午後の日課みたい」

「ふーん。なんか、田舎って感じ」

人口密度の高い地域なら、あっというまに苦情が集まって中止されそうな習慣だ。しかし満は、心もち楽しそうに頭を揺らしている。

「割とね、悪くないよ。いい歌が流れることもあるし」

「そう？」

「ワン、ツー、ワン、ツー。ほら、朔ちゃん、買い物つき合って」

「え、私も？」

「もし椅子とか買ったら、私だけじゃ運べないもん。他にも色々買わなきゃいけないし」

「もし、じゃなくて、ちゃんと計画的に考えて買いなって」

食事を終え、買い物するリストを手に連れ立って家を出る。二人で仲良く外出だなんて、いったい何年ぶりだろう。しかもその目的が、姉のマリッジブルーからくる一人暮らしの買い出しだなんて、馬鹿っぽいにもほどがある。

「そういえば、さっき隣のホームの職員さんに聞いたんだけど、前は男の人が二人で住んでたらしいよ、ここ」

「へー！　面白いね。どんな人だったんだろう」

「さあ。庭もほったらかしだったみたいだし、雑な人だったんじゃない？」

「ってか、お隣の人たち怖くない？」

「みっちゃんが知らない人にテンパり過ぎなんだよ。草刈りの仕方がわかんないなら、その人たちに聞いちゃえば良かったのに。一人暮らし初めてなんでわかんないんですって言ったら、たぶん普通に教えてくれたよ？」

「そういうもの？」

「たぶん」

「ふーん……」

満は軽く唇をとがらせ、頭を傾ける。白いパフスリーブのカットソーの肩から真っ直ぐな黒髪がさらりとこぼれた。

近所の店で、赤いチェックのテーブルクロスを買った。落ち着いた水色のカーテンを買った。猫耳の飾りが付いたスリッパを買い、風量の多いドライヤーを買った。折り畳みテーブルと、蚊取り線香と、ペイズリー柄のラグを買った。椅子は、小さな丸椅子を台所での作業用に一つ買った。

さすがに道楽だという自覚があるのか、満はそれほど高い品物には手を出さず、リサイクルショップか、百均か、ホームセンターのセール中の商品ばかり選んでいた。それでも物が集まるにつれ、家の居心地は急激によくなっていった。

三日かけて、やっと庭の大まかな草刈りが終わった。

やたらと大量に生えていて、千切ると良い香りがする葉っぱがあるなと思って調べてみたら、なんとペパーミントとレモンバームだった。適当に摘んだハーブ類を洗濯用のネットに入れ、お風呂に浮かべたらすごく爽やかな香りがして気持ちが良かった。お風呂上がりには、満と一緒にトニックウォーターに生のミントを散らしたドリンクを飲んだ。

「帰りたくないなー」

畳の上に敷いたラグに寝転がっていると、そんな言葉が口からこぼれた。縁側に置いた蚊取り線香から、なじみ深い香りが網戸を越えて漂ってきている。

パジャマに着替え、ワンセグチューナーをつけたパソコンで明日の天気予報を見ていた満は、少し笑った。

「もう夏休みでしょう？　好きなだけいればいいよ。私も、朔ちゃんに色々手伝ってもらえて助かるし」

「うーん、そうなんだけど、部活の合宿もあるし……」

スマホを引き寄せ、ディスプレイを覗く。竹平くんからメッセージが届いていた。明日、私の到着に合わせて駅まで迎えに来てくれるらしい。

いやだな、ととっさに思い、そう思ったことに驚いた。竹平くんは――少し重いけど、親切な人だ。私みたいに気が強くて我儘《わがまま》なタイプには、ああいう温厚なタイプがちょうどいい。そう言われることは多かったし、自分でもそう思ってきた。

でも、いやだ。そう感じ始めると止まらなかった。

大学の最寄り駅で落ち合い、昼食をとるために入ったファミレスで「少し距離を置かせてほしい」と切り出すと、まるで蠟燭《ろうそく》の火を吹き消したようにすうっと竹平くんの顔から表情が消えた。

「えっ……俺、なんか悪いことした？　嫌なことしたなら謝るし、ちょっと距離とか……」

「ごめんね。私も少し、考えたいんだ」

「……いや、俺、朔ちゃんに我が儘言われるの嫌いじゃないけど、今回のは無理だわ。ありえない。もっとちゃんと説明して」

「だから、こんなにいつも一緒にいなくても、ってこと。竹平くんも、もっとやりたいことを優先して、私以外の人とも」

「付き合ってんだからこれくらい当たり前だろ！　今日だってわざわざ時間を割いて迎えに来たのに、それで文句言うってどういうことだよ！」

突然怒鳴られて、びりっと鼓膜が痛んだ。同時に、明確な嫌悪が大輪の花のように心の中で咲いた。

「……頼んで、ない」

「ほらまた勝手なこと言って、振り回される方の身にもなってみろよ！　よく聞きなよ、朔ちゃんのことをよく知ってる俺だから言ってるんだ。ちゃんと」

もう一秒たりとも、この人の声を聞いていたくない。言葉を遮り、食べている途中だったナポリタンの料金として千円札をテーブルに置き、席を立つ。

「嘘だろ朔ちゃん、ちょっと待ってよ！」

早足で店を出て、駅前ですぐにタクシーを捕まえ、歩いても十分程度しかかからない自分のマンションへ向かった。駆け足で四階の自室へ滑り込み、鍵をかけ、チェーンまでかけてほっと息をつく。

五分もしないうちに、小走りの足音が聞こえて扉が叩かれた。

「朔ちゃん、もう一回話そう！　なにか嫌なことがあったんだろ。俺、怒ってないから！」

怒鳴りつけられて怒ったのは私の方だ。うんざりしつつノックを放置していると、鞄《かばん》の中のスマホが鳴った。着信を告げるスマホの電源を落とす。ノックをされるたび、心臓が嫌な感じで跳ね上がった。

小一時間ほど扉を叩き続け、やっと竹平くんは帰って行った。ほっと息を吐いてスマホの電源を入れ、友人たちにSNS経由で別れたことを告げ、あれこれと愚痴を聞いてもらって動揺を鎮める。そうしているあいだにも、竹平くんからは数分おきにメッセージが届いた。とにかく今は読む気にならず、途中から彼のメッセージの通知は切った。お風呂に入り、しばらくネットサーフィンをして、冷凍のグラタンを温める。気が立って眠れる気がしなかったのでワインを多めに飲んで、酔い潰れるかたちで寝た。

翌日、SNSには竹平くんから百通近いメッセージが送られていた。部活の昼練に出ようと身支度をして靴を履き、ふと予感がしてドアスコープを覗いたら、彼はまるで当たり前のように、扉の前の壁に体を預けて待っていた。

「それで、逃げてきたってわけ？」

二つ折りにした座布団に顔をうずめたまま、一つ頷く。脱水された洗濯物の入った籠を手に、満がラグの上に寝そべった私の腰をまたいでいく気配を感じた。かちゃかちゃと軽い音がするのは、カーテンレールに引っかけた物干しハンガーに洗濯物を吊るしているのだろう。

「ここに来るとき、後はつけられなかったの？」

「……学部の友達に引き留めてもらって、その隙に出てきたから」

部屋の前で待ち伏せされた日は、マンションの管理人さんを呼んだ。その後も部活の帰り、必修科目の教室、駅前のロータリーなど、あらゆる場所で竹平くんは私を待っていた。何回か根負けして、近くの喫茶店で話し合いもした。繰り返し彼は「誤解している」と言い、私が明確に、なんの誤解もなく、彼と一緒にいるのが嫌になったこと、好意がゼロどころかマイナスになったことをいくら説明しても受け入れなかった。私は夏休みに入るのとほぼ同時に、再び満の家に避難した。

「まあ、じゃあ、ゆっくりしていきなよ。そっかー……ちょっと困ったね」

「同じ学部の男子とか、共通の知り合いに間に入ってもらって、とりあえず様子を見てみる」

「日中、朔ちゃん一人になっちゃうけど大丈夫？」

「どういうこと？」

寝転がったまま顔を上げると、満は洗濯物を干す手を止めて、ひょいと庭を指さした。

「お隣のホームの調理室で働くことになったんだ。昼の十一時から夜の八時まで。一応、栄養士の資格も持ってるし、慣れたら献立とか作らせてもらえるみたい」

「え、なにそれ。……本気で？」

「もちろん」

あっさりと頷く満は、真面目な顔をしている。ここで私は、今まで考えないようにしていた可能性から目を背けられなくなった。

「もしかしてみっちゃん、実家捨てて、本気でここに住むつもりなの？」

「捨てるってわけじゃないけど……なんだろうね」

説明しにくそうに、唇をへの字にして満は首の後ろを掻いた。

「眉村さんが嫌だった？」

「いや、ぜんぜん嫌な人ではなかったよ？　あの人のことを好きになる人は、もちろんたくさんいると思う」

「なにその微妙な言い方」

「ままごとみたいって思ったんだ」

「ままごと？」

「役が振られて、それを守るの。眉村さんと結婚したらもうずっと、振られた役から出られない気がした」

「えー、それは……でも……」

それぞれが生まれ持った性格や才能をもとに、役が振られるんじゃないのか。おっとりした天然な姉と、気が強くて賢い妹。振られた役が嫌なら、目に見える結果を出して覆せばいい。

私だってなにもせずに成績が良かったわけではないし、初めから遠くの大学への進学が許されたわけでもない。試験で結果を出し、この教授がこんな面白いことをやっているからこの大学で学びたい、と順を追ってアピールし、説得と交渉を重ねることでやっと認められたのだ。父親に一目置かれる立場を目指して努力したからこそ、今の自由度の高い状況がある。

ただぼーっと生きてきたみっちゃんが、みんなが用意してくれたすごく条件の良い進路を蹴って、いきなり好き勝手するってなんかずるくない？　そんな説明で誰が納得するの。眉村さんと結婚したいって言ってる人、いっぱいいたのに贅沢《ぜいたく》だよ。

顔に不満が表れていたのだろう。満は浅く肩をすくめ、それ以上なにも言わずに洗濯物を干し続けた。

扇風機の三枚羽根が、質量のある真夏の空気をかき混ぜている。

八月に入ると、庭の草木は眩《まばゆ》さを感じるほど色を深めて生い茂り、まるで緑色の炎が家を囲んでいるようだった。守られているのか、それとも囚われているのかはわからない。

とにかくこの家はとても静かだ。蟬《せみ》の声や葉擦れの音、隣のホームの生活音、古い歌謡曲の合唱が流れ込んでなお、静かだと思う。外の世界から隔絶されている。ささくれた畳に寝転がっていると、自分が誰だったか、なにをしようと思っていたのか、意識にぽっかりと穴が空いたように思い出せなくなる一瞬がある。

すごく、すごく眠い。満が引っ越し当初の一週間は昼寝ばかりしていたというのも頷ける。目を閉じるだけで、短い夢をたくさん見た。

「あいつは母さん似で全然だめだ」

そう、ハンドルに手をかけた父が言った瞬間、心臓がびりっと震えた。

「気が弱すぎる。自分で人生を切り開いていく意志ってもんがまるでないんだ。ああいう奴は口ばっかりで、結局なにも出来やしない」

どうしてあのとき、父と二人で車に乗っていたのだろう。買い出しか、それともなんらかの用事の帰りだったか。植物の束を持っていた気がするので、十五夜のスキでも採りに行ったのかもしれない。とにかく小学生の私はなにかを問い、それに答えた父がなにげなく母と満を否定したことに驚き、でもほんのりと甘いような、嬉しいような、むずがゆい気分を味わった。そんなことを教えてもらえる自分が、家族の中で特別に父に近い、賢くて才気のある存在のように思えた。

満みたいになってはいけない。満は気が弱くて、どんくさくて、なんにも出来ないから、全然だめだなんて言われる。代わりに父と同じ方向を目指せば、褒めてもらえる。仲間だと見なして、馬鹿にしないで、優しくしてもらえる。

唐突にまぶたが開いた。薄暗い天井の木目が見える。手の中に、植物の束の感触が残っている。

「んん?」

なぜだろう、手足が痺れている。感覚の鈍い手を握ったり開いたりしていると、左の手首に回したクラシックな腕時計が目に入った。デザインが優美だからと父親が愛用し、収集していたスイスの有名ブランドの腕時計だ。大学入学祝いにコレクションの一つを譲ってもらった。高価なだけあって、飴色の革ベルトとインディゴブルーの文字盤、ゴールドのアワーマークがとても上品で、気に入っている。

ラグに手をつき、汗ばんだ体を起こした。扇風機の風を強め、氷を入れた麦茶を二杯、立て続けにあおる。うたたねしようと部屋の電気を消していたため、室内には青っぽい影がかかっている。縁側を越えた緑の庭は、目が潰れそうなほど眩しい。

ままごと、と満が言っていたことを思い出し、主がいない部屋を見回した。北欧ブランドのパクリのパクリのパクリみたいなダサい花模様が印刷されたプラスチックのコップ、ポリエステル百パーセントのやたらと静電気が溜まるラグ、リサイクルショップで二千円で売られていた折り畳みテーブル。きっとこの部屋にあるものすべてを合わせたって、父親にもらった腕時計一つの値段にも届かない。眉村さんと結婚して会社を支え、子供を産み、育て、色んな人を喜ばせて地域の役に立つ。そんな立派で説明しやすい人生に比べたら、こんなおもちゃみたいな家具を集めてなんの責任もないフリーターとして生きようとしている今の満の暮らしは、それこそままごとみたいに軽く見える。

畳に投げ出してあったスマホのランプが青く点滅し、メッセージの新着を伝えている。また竹平くんだろうか、とげんなりしながらディスプレイを点すと、メッセージの発信元は同じ学部の女子四人で利用しているグループトークだった。面倒見のいい姉御肌の葉月《はづき》が、どうやら竹平くんと会って話してくれたらしい。

『竹平くんすごくやつれて、しょげてたよー。どうしても朔と話さなきゃって思ったら、居ても立ってもいられなかったんだって。もう絶対に追い詰めないから、帰ってきて欲しいって言ってた』

微妙だなあ、とうなりつつメッセージをスクロールする。葉月の報告に、他の二人が好き勝手に茶々を入れている。

『てかさー。こんなに朔のこと好きなんて、竹平くん絶対浮気しないやん。むしろ羨ましいわ』

『なんか超忠実な大型犬って感じだよね』

いやいやいやいや、と思わず突っ込みたくなって、画面をタップする。

『あのね、ドアスコープで外を覗いたら待ち伏せされてるって、マジでナイから！　人として完全にアウトよ？』

真剣に悩んでいるのに、恐怖がうまく文面ににじまない。すぐに適当なメッセージが返された。

『えー、竹平くんにならストーカーされてもいい。優しいし、コミュ力高いし、普通にいいじゃん』

『朔ちゃんちょっと贅沢でない？』

説明、したい。

理解を求め、私の感じ方が正しいと訴えて、味方になって欲しい。だけどこれは無理だと思う。みんな、我が儘な私がなにも悪くない竹平くんをいきなり拒み、パニックに陥った彼がちょっとストーカーっぽいことをしてしまった、という流れにしたがっている。そもそも私だって、竹平くんのなにがいやだったのか、うまく説明出来ないのだ。一つ一つのエピソードを説明したところで、それのどこに問題があるの？　大事にされてよかったじゃん、と受け流されてしまうだろう。

スマホのディスプレイを消し、ラグの上に放り出す。残してきた問題にほんの少し接しただけでどっと疲れた。竹平くんに合宿地を知られているため、一応部活の合宿は体調不良を理由にキャンセルした。夏休みはまだ一ヶ月近く残っているのだから、しばらくはこの、ままごとじみた空間でなにも考えずに過ごしたい。

蟬の声を聞くうちに、また眠気がふんわりと頭の中で渦を巻く。枕を出して本格的に寝ようと、押し入れの襖を開けた。つま先立ちになり、二人分の布団のどこかの隙間で潰れているはずの枕を探す。

ふと、押し入れの天井に、人が通れるくらいの大きさの長方形の穴が開いていることに気づいた。ベニヤ板っぽい蓋で、上側から塞がれている。

実はこの上にもう一つ、秘密の部屋があるとか？　子供の頃、そんな児童文学を読んだ覚えがある。めんどくさい現実から隔絶されたままごとの家に秘密の隠し部屋なんて、いかにもそれらしいじゃないか。

押し入れの中段に足をかけて伸び上がり、そっと蓋を押してみる。ただ置かれているだけらしい木の板は簡単に位置を変えた。ああ、どうしよう、普通に覗けてしまう。少し怖い、けど、こうして隙間が開いた以上、その先を覗かない方が怖い。左胸の高鳴りを感じつつ、天井の穴に頭を差し込んだ。

そこには大人が中腰でなんとか進んでいけそうな高さの、薄暗い空間が広がっていた。今まで見たことがなかったけれど、いわゆる屋根裏と呼ばれる場所だろうか。壁沿いや柱沿いに配線が通されている。どうやらこの穴は、点検のために設けられた入り口らしい。

特に楽しい要素は見つからず、拍子抜けして蓋に手をかけた瞬間、段ボール箱が一つ、穴の近くに置かれているのに気づいた。

点検に必要な、工具かなにかだろうか。でも、こんなところに置いて行く？　前の人が隠したお金とか、値打ちものとか、そんなものだったらどうしよう。少し興奮しながら埃っぽい箱を引き寄せ、腕に抱えて和室へ下りた。箱は林檎《りんご》数個分くらいは重く、傾けるとゴトゴトと音を立てた。複数の物が入っているらしい。

畳に下ろして、蓋を開く。中にはがらくたとしか言いようのない雑多な道具類が詰め込まれていた。バドミントンのラケットが二つと、羽根の折れたシャトル。中に水を入れるタイプのアイロン。七本入りのカラーペン。他にもう一つ、布巾にくるまれた棒状の物がある。

布巾の合わせ目を開き、どきりとした。銀色の、氷を切り出したような涼しげな刃が無造作に現れる。それは大きめの、作りがしっかりとした包丁だった。柄には可愛らしい小花模様が彫り込まれている。刃にも柄にも、傷や汚れは一切見当たらない。

新品の包丁？

新品の包丁が――それだけじゃない、バドミントンの一式が、アイロンが、カラーペンが、屋根裏に置き去りにされる状況って、なんだ。

忘れ物だろうか？　まさか。

わかるのは、この家でたくさんの出来事があったということだけだ。こんな脈絡のない道具が処分されず、隠すように置き去りにされるほど説明のしにくいことが、きっと、本当に、たくさん。

ここはままごとの家じゃない。現実から隔絶されているわけでもない。満が選んだ、生活の場だ。侮るな、と包丁の刃の輝きに突きつけられた気分だった。

すべての道具を箱に戻し、屋根裏に押し上げて点検口の蓋を閉める。

庭でなにかが動いた気がして、顔を向けた。生垣越しに、来須さんが煙草休憩をしている後ろ姿が見えた。百均のサンダルに足をすべり込ませ、こんもりと茂ったハーブをまたいでそちらへ向かう。

「こんにちは」

声をかけると、くわえ煙草の来須さんは顎を引いて大人っぽく微笑んだ。

「ああ、どうも。あっついねえ」

「お姉ちゃん、元気にやってます？」

「うん、私はあまり調理室に関わらないけど、色々気がつく人が入って助かるって話は聞いたよ」

「そうなんですか……」

「休憩時間に、外出する元気がない利用者に絵本を読んでた。商店街とか、花畑とか、歌舞伎とかお相撲とか、そういう出かけたくなるようなシーンがある絵本を、わざわざ図書館で探してきたみたい。面白いお姉さんだね」

満の仕事が順調でよかったと思い、満じゃない別の人の話を聞いているみたいだとも思う。来須さんは、顔を背けて煙を吐いた。

「いつもうるさくしてごめんね」

一瞬、なにについて謝られているのかわからなかった。少し遅れて、毎日昼過ぎに行われている合唱のことだと察しがつく。

「気にならないし、たまに知ってる歌があって、楽しいです」

「そうか、ありがとう」

「明日はなにを歌うんですか？」

「『恋のバカンス』って曲」

「知らないなー」

「私もここに勤め始めてから覚えたんだけど、ちょっとセクシーで面白い曲だよ。楽しみにしてて」

「老人ホームでそういう曲って歌うんだ。なんか、年をとったらセクシーとか関係なくなると思ってた」

適当にしゃべっていたら、来須さんがぷっと噴き出し、大きく口をあけて笑い始めた。

「いやいやもう、すごいんだから。いつも食事のときにそばに座りたがるかわいい感じのカップルもいれば、どっろどろの三角関係や四角関係もざらだし」

「え、なんかやだ……ただでさえ恋愛なんてトラブルが多くて面倒くさいのに、そんな、年とってまでやりたくない。疲れる」

「妹さん、大学生？　ふふふー、いつかあなたもホームに入って、思わずボケが治っちゃうような面白おかしい恋をするかもよ。人は環境でどんどん変わっていくから」

まったくピンとこないまま、相づちだけ打っておく。来須さんは腕時計を確認して煙草を始末し、ばいばい、と手を振って建物に入っていった。

夜、帰宅した満と一緒に、レトルトのカレーと卵スープを食べる。

「もうさー、鍋も重いし、食器の上げ下げも一苦労だし、筋トレするために買ってきたよー」

そう言って満が紙袋から取り出したのは、なんと狐色の木刀だった。普通のサイズよりいくらか短めで振りやすそうな感じがする。さっそく食後に、庭で素振りを始めた。

「みっちゃん、剣道やったことあったっけ」

「ええ？　ないよ、もちろん！　でも、新しく、始めたって、いい、でしょう！」

縁側に置いたスマホで素振りに関する動画を流しながら、見よう見まねで木刀を振る姉は、やはり実家にいた頃のぼんやりした彼女とは別人のようだ。

そして私も、こんな風になにも考えずに満のそばに居られたことなんて、ない。

私は本当に、気が強くて賢い妹なんだろうか。わからなくなりながら、蚊取り線香に火をつけた。


毎日毎日、庭の緑が深くなる。足元が見えなくなりそうになったら適度に草を刈る。時々刈り取ったハーブをお風呂に入れたり、ハーブティーを作ったりする。朝ご飯の食パンがなくなったら、近所のコンビニに買いに行く。

そんな生活を二週間ほど続けたら、実家から呼び出された。近況をたずねるメッセージに『元気』とか『そこそこ』とか適当に返していたら、不審に思った母親が抜き打ちで私のマンションを何度か訪ねたらしい。どうしていつもいないの！　一体どこで何をしてるの！　と悲鳴のような留守番電話が残され、顔を出さざるを得なくなった。

「私は行かない」

悩む素振りもなく、満はあっさりと首を左右に振った。まるで薄紙を一枚一枚剝がすように変わっていく。動作や考え方にためらいがなくなり、大きな声で笑うようになった。私も、いつのまにか姉を気軽に馬鹿にしたり、やることに口を出したり、出来なくなった。言葉を選び、適切な距離をとって、それぞれがしたいことを優先する。そんな遠慮と信頼が混ざり合った空気にはこれまで誰とも味わったことのない、少しさびしくて広々とした、自由な感じがあった。

仕方なく私だけ電車に揺られ、日曜の午後に実家に帰った。父も母も家にいた。母は私が好きな老舗の海老《えび》せんべいと、手作りの梅ジュースを出してくれた。

満がアルバイトをしながら一人暮らしをしていること、自分も夏休みの間はそこに滞在するつもりでいることを告げる間、両親はずっと頭痛でもこらえているような顔でうつむいていた。

長い沈黙の後、父はぽつりと「あいつのことはもういい」と言った。

「初めから、こうなる気がしていたんだ。よくもまあ、これだけ周りを振り回して……自制心のないだらしない奴は、この先もどうせ使い物にならん。二度とあいつを家族として扱うな」

怒りと軽蔑の混ざった、呻《うめ》くような声だった。いつも通りの、父の、能力の低い人間をばっさりと切り捨てる物言い。

ふいに鼻の付け根が痛んだ。胸が内側からぼろぼろと崩れていくようで、落ち着かない。なんだろうこれは。悲しい、ような気がする。悲しい、怖い、やっぱり悲しい。

車の助手席でススキかなにかを握りしめていた子供の私は、本当は、これほど簡単に家族のことを「全然だめだ」と切り捨てる父のことが、怖かったのか。

あの瞬間にはわからなかったことが、十数年経って唐突にわかった。そして今は、そんな恐怖に縛られて生きてきたことがぼんやりと悲しい。満の家を訪ねる前ならなんのためらいもなく父の感情に同調し、満はだめだと頷いていただろう。しかし私はもう、彼の言葉をそのまま受け取ることは出来なかった。

軽い足音を立てながら、ゲームのロゴ入りの黒いTシャツに青いジャージのハーフパンツという適当な格好をした虎徹が二階から降りてきた。私を見て、うお、と間の抜けた声を上げる。

「うおってなによ」

「いや、居るから。珍しく」

「居ちゃ悪いか。なに、どこ行くの？」

「悲しい受験生なもんで、夏休みでも塾だよ、塾。朔ちゃんこそどうしたの。もしかしてお見合いすんの？」

「するわけないじゃん！」

「だってみっちゃんはしたんだろ？　いいじゃん将来安泰で。俺も誰かに食わせてもらって、楽して、楽して生きたいわ」

楽して、となにげなく弟の口から飛び出した言葉に驚いた。そうだ、この家では外に勤務しない人間はどれだけ家事や育児をしていても、楽をしている、と見なされるのだった。日中に働かず楽をしているのだから、母が一人だけずっと夕飯を食べずに調理や配膳をしていても当たり前。あの人はそういう役割の人だと、私だって少し前までなんの疑問も持たずに思っていた。虎徹は自分がなにをしゃべっているのか自覚している様子もなく、能天気に笑って家を出て行った。

夕飯の席には、眉村さんが招かれていた。

もしも満が帰ってきていたら、婚約に関してなにか話が進められる予定だったのかもしれない。彼は玄関口で短く父と話し込み、それからはただ感じのいい会社の人としてにこやかに食卓を囲んだ。天ぷらとお刺身の他、ホタテが入った茶碗蒸しまで出され、母が彼を大切にもてなしていることがわかった。

デザートの西瓜《すいか》を食べている最中に、電話がかかってきたらしい父が席を外した。母は台所で後片付けをしている。私は少々居心地の悪い気分で、話題を探した。

「すみません、今日、本当は姉も来られたらよかったんですけど、ちょっと、私だけになっちゃって……」

「ああ、とんでもない。僕の方こそ、朔さんにそんな風に気を使わせて申し訳ない」

眉村さんは片手を立てて謝り、それから軽く首の後ろを掻いた。

「満さんにも……負担をかけてしまったかもしれない。なんだか僕たちより、周りの方が先に盛り上がってしまった感もあって。満さんは控えめな方だったから口にしなかったけど、嫌だったんじゃないかと思います」

「はあ……」

「朔さんは、今はなにを？」

「大学でマーケティングを学んでいます。卒業後は、シンライジ社に」

「シンライジさんはいい会社ですね。僕の高校の同窓生が営業部にいます。広告がお好きなんですか？」

私の覚束ない仕事観をけっして馬鹿にせず、眉村さんは柔らかい物腰で会話をリードしてくれた。父が戻ってきたのは、たっぷり三十分が経ってからだった。

食事を終え、三人で眉村さんを見送る。

「朔さん、それではまた」

眉村さんは最後に軽く微笑みながら、私の目を覗き込んだ。

後ろ手に玄関の扉を閉め、先に家に上がった両親の背中を睨み付ける。

「わざと二人きりにしたでしょう」

込み上げる怒りと嫌悪感で、三和土から足が離れない。家に上がりたくなかった。

足を止め、父はいつも通りの無表情で、母は少し困惑した様子で振り返った。

「わざとってわけじゃないのよ。話が弾んでいたようだから、邪魔しなかっただけで」

「嘘だ。ねえ、なんでそんなに眉村さんと結婚させたいの？　ってか、私でもみっちゃんでもどっちでもいいってどういうこと？」

自分の怒りの重心が定まらない。とにかくこの家に感じたなにもかもが嫌で、不愉快で、気持ちが悪かった。父親がさも面倒くさそうに口を開く。

「あれくらい出来た男はなかなかいないぞ。大事な娘をなるべくいい男のところにやりたいと思うのは親として当然だろう」

「わけがわかんない……」

「虎徹が、獣医になりたいって言うのよ。それで、朔はうちの仕事が好きでしょう？　別に恋仲にならなくても、眉村さんとはきっと長い付き合いになるから、二人で話すのもいいかと思って」

「待って、なんでいきなり」

獣医だなんてそんな突拍子もない夢、聞いたことない。いや、それよりも。

「なんでみっちゃんは却下されたのに、虎徹の希望はすぐに通るの？」

「曲がりなりにも一人の男が、自分で自分の生き方を決めて頭を下げたんだ。ここで中途半端なことをさせたら碌《ろく》な人間にならない。最後までやらせてみるしかないだろう」

「ああ、なんか、わかった……」

家の方針を決める父が居て、父が見込み、父を尊敬する眉村さんが居て、父が自分を投影する弟が居る。この家で、意志と権利を持つ完全な人間と見なされているのはこの三人だけなのだ。父は母を愛しているし、満のことも真剣に考えていただろうし、私を大事だというのも本当なのだろう。だけどそれは自分と同じ人間としてではない。女という、人間よりもいくらか手軽で、うまく躾《しつけ》をして活用するべき別の生き物として、愛されている。

私がこの家で完全な人間として生きたことなんて、本当は一秒もなかったのだ。

潮が引くように、もしくは高いところから落ちるように、それまで立っていた場所がすうっと遠ざかるのを感じた。ああ、きらいだ。ぞっとする。二度とこの家に来たくない。リビングに置いてあった荷物をつかみ、なにも言わずに実家を出た。母がなにか言っていたけれど、耳に入らない。

酔っ払いだらけの電車に揺られ、混乱したままSNSのグループトークを起動した。仲のいい、友人三人のアイコンを眺める。

話を聞いてもらいたい。受け止められないほどひどいことがあったんだ。すがるような気持ちで思うのに、指がなかなか動かない。親が、弟を贔屓する？　違う、それではニュアンスが変わってしまう。もっとひどい、絶望的な……悲しい、悲しいんだ、私は父のことが好きだったのに、たぶんあの人は私が女である限り、きっと一生、なんの思い込みもなく話すことは出来なくて……その虚《むな》しさを、説明することなんか出来ない。でも、誰かに打ち明けなければ、辛くて頭がおかしくなる。強ばった親指をそろりと動かした。

『なんか、姉ちゃんが家出したら、姉ちゃんの婚約者とお見合いっぽいことさせられたんだけど！　あり得ない！　うちの家終わってるわ！！！』

終わってる、に力を込めてびっくりマークを押す。すぐに友人たちから返信が届いた。

『ギャグか』

『お疲れ。マジ笑える。親御さん突っ込み待ちとかじゃないの？』

『そこまでしておススメされる婚約者が逆に気になってきた』

私は無理矢理テンションを上げて、実家の悪口を書き続けた。古臭い、オヤジが支配してる、イケてない、頭の固い家。それ以外、どう説明すればいいのかわからない。悲しさも虚しさも文面にはにじまなかったし、にじませ方も、そもそもにじませていいのかも、わからなかった。

満の家に帰るにはすでに電車がなく、私は三週間ぶりに自分のマンションに帰った。1DKの真ん中に敷きっぱなしの布団に倒れても、あまりの苛立《いらだ》ちで寝付くことが出来ず、暗闇でずっと目を見開いていた。

朝方にしばらく意識を失ったものの、眠りは浅く、まるで顔の真横からライトでも当てられているような不快感に襲われて横たわっているのが苦しかった。とにかく早く、静かな場所で眠りたい。満の家に帰りたい。その一心でシャワーを浴び、身支度を整えて部屋を出た。

「朔ちゃん！」

眠すぎて、辛くて、部屋の前に立っていた男の子の名前が、一瞬思い出せなかった。

「竹平くん……」

彼は私が肩に提《さ》げたトートバッグの生地をつかみ、がくがくと揺さぶった。

「なあ、お見合いしたってどういうこと？　っていうか俺に言いがかりつけてきたときはもうそのつもりだったんだよな。いい加減にしろよ、二股かけて被害者ヅラかよ。謝れよ、学部のみんなにも私がぜんぶ間違ってましたって言え！」

昨日の夜、友人限定のグループトークで、実家であったお見合いっぽいことについてぶちまけた。

その内容を、どうして竹平くんが知っているのだろう。

「離して！」

体を思い切りねじってトートバッグをもぎ取り、階段を駆け下りて一階の管理人室の窓を叩いた。朝のお茶を飲んでいた初老の管理人さんは竹平くんのことを覚えていたらしく、すぐに間に入ってくれた。二人が揉み合っている間に、急いで駐輪場の自転車に跨《また》がり、駅に向かって漕《こ》ぎ出した。

きっと、三人の友人の誰かが竹平くんとつながっていたのだ。私の実家の愚痴を、軽い笑い話として受け止めて、なにかの話の弾みで竹平くんに伝えた。説明できることが、説明できないことを置き去りにして、どんどん広がり回転していく。

満の家に辿り着いたとき、満は出勤の支度を整えている最中だった。

「なに、どうしたの。ひっどい顔。お父さんやお母さんに何か言われた？」

緑に囲まれた薄暗い家の空気にほっとした途端、猛烈な眠気に全身がくるまれていくのを感じた。

「……眠いの」

「なんだそれ。寝てな寝てな」

満は自分の布団を片付け、代わりに私の布団を敷いてくれた。持ち手がしわくちゃになるまで握り締めていたトートバッグを手放し、取り替えられたばかりのきれいなシーツに滑り込むようにして目を閉じる。

すぐに意識がシーツを突き抜けて深い位置へ沈んだ。日差しを受けた海面がきらきらと輝く温かい海のような領域で、手足を揺らして息を吐く。ちゃんと、嫌なものから逃げられた。草の匂いがする。葉擦れの音がする。扇風機の風を感じる。ほのかな芳ばしい香りはきっと来須さんの煙草だ。午前の終わりに一本吸って、昼食の介助をして、午後の初めに合唱を仕切るのが毎日の流れらしい。きっともうすぐ、合唱が聞こえてくる。今日はどんな歌だろう。

大きな生き物が近くを歩いているのに似た、奇妙な、この家では覚えのない音がふっと眠りの海に混ざった。

浮力にのって水面へ顔を出すように、自然と目が開く。

私のトートバッグのそばに、それは居た。大柄な体を丸めてしゃがみ、バッグからなにやら小さな電子機器をつまみ出していた。手には、スマホに似た平べったいディスプレイ付きの機械を持っている。

氷水を浴びたように全身が強ばり、続いて、巨大な恐怖が突き上げた。

「うあああああッ！　なに、なに！」

手足ががくがくと痙攣《けいれん》し、力が入らない。それでも必死でシーツを掻いて遠ざかろうとすると、ものすごい力で足首をつかまれた。竹平くんは驚くほど表情の乏しい、暗く淀《よど》んだ顔をしていた。忌々しげに舌打ちをして、私の顔に大きく開いた手を伸ばす。あ

あだめだ、口を、塞がれる。

鋭い足音に続いて、なにか固いものを固いものに打ちつける生々しい音が和室に響い

た。竹平くんの体がわずかに傾く。目の前に、木刀の先端がある。そして竹平くんの背後には真っ青な顔をした満が立っていた。

「アアアアふざけんな！　ふざけんな、ふざけんな！　離せこの野郎！」

甲高い奇声を上げながら、満は狂ったように竹平くんを殴り続ける。そのうちの一打が耳に当たったのだろう。竹平くんは私の足を離し、体を丸めてうずくまった。

満が木刀を投げ捨てる。

「朔、早く！」

それまでまったく動けなかったのに、満の一声で金縛りが解けたように体が跳ねた。立ち上がり、急いで縁側から庭に飛び降りる。二人ともサンダルを履く暇もなく、手を繋《つな》いだまま、生温かい草むらを、ざらつく地面を、焼けたアスファルトを走り抜け、大家さんの家に駆け込んだ。


不審な男がそっちの庭にいた、と満に教えたのは煙草休憩中の来須さんだったらしい。

「いざとなったら人を殴る覚悟をしておいて、よかった」

満は、初めに竹平くんの話を聞いたときから彼がこの家までやってくる可能性を案じていたという。

通報で駆けつけた警察官によって、竹平くんは身柄を確保された。住居侵入の他、いつのまにかバッグに入れられていたGPS発信機と、私の足首に残った痣《あざ》が決め手となった。

どうして竹平くんがこれほどの憎しみと執着を募らせたのか、そもそもなぜ別れてくれなかったのか、いくら彼自身、もしくは他の人に説明されても、私が完全に理解出来る日は来ないだろう。ただ事情聴取の最中、刑事さんがぽつりと「加害者の家族が誰も留置場に面会に来ないんですよね」と零すのを聞きながら、彼も別の場所に出られたらよかったのかもしれない、と思った。私と満が薄紙を剝がすように少しずつ変わっていったように、竹平くんも、無理のない姿に変わっていける、それまでとは違う場所に辿り着けたらよかった。

夏の終わり、満と私は引っ越しの検討を始めた。身柄を拘束されたとはいえ、竹平くんは早ければ数ヶ月でまた世間に戻ってくる。その時に、私たちが今と同じ場所に住み続けているのはあまりに不用心な気がした。

「いいの？　せっかく職場の真隣なのに」

「もちろん。慣れてきたところで、ちょっと残念と言えば残念だけど。安心には代えられないよ」

それに、と続けて、満は縁側から垂らした足を揺らした。

「昔から、色んなところに行きたかったんだ。あんなに怖い瞬間をくぐり抜けたんだし、これからはどこに行っても、どんな形でも、なんとかやっていける気がする」

「それは、すごいなあ」

外に出られない高齢者に楽しい場所が出てくる絵本を読み聞かせていたというのは、けっして気まぐれではないのだろう。満はそういう人なのだ。そういう人だと、ここに来るまで家族の誰も知らなかった。

私は、進路を考え直しつつあった。大学に戻ったら、急いで就活の準備をしなければならない。

「引っ越しは、手伝うからね」

「うん。朔ちゃんの布団も持って行くから、いつでもおいで」

この家のために二人で買い集めた様々な生活雑貨を、引っ越し用の段ボール箱に詰めていく空想をする。気に入っているもの、思ったより使い勝手が良くなかったもの、良い思い出があるもの、悪い思い出が残ったもの。

なにか屋根裏に置いて行こうか。

そう思った瞬間、ようやく自分もこの家の住人になった気がして、思わず口元がほころんだ。

かざあな

初めは軽く内見して終わり、ぐらいの気持ちだった。家賃の安さと部屋の広さは魅力だが、築年数が経ち過ぎている。庭なんてあっても持て余すだけだろう。不動産屋が用意したスリッパを履き、スーツの背を追って中央が褪色《たいしょく》した廊下を進む。

なにげなく触れた壁が、ざらついた。

砂壁なんて久しぶりだ。祖父母の家、それとも年始の挨拶に出かけた親戚の家だっただろうか。幼少の頃、壁の一点が白くなるまで、無心で擦《こす》っていた記憶がある。降り落ちた黄色い砂が畳の縁《へり》に溜まっていた。味気ない壁紙の張られた集合住宅で育った自分は、指先で簡単に破損出来てしまう家というものが、どこか後ろめたさを感じられて好きだった。

人差し指を、砂壁に触れさせて歩く。細かな粒がさりさりと指先に溜まる。

「定期的に修繕されているから、年数の割に使い勝手はいいみたいですよ。納戸はこっち、脱衣所はこっちですね」

内見の付き添いでやってきた中岡《なかおか》という若い男性スタッフの説明に生返事をして、最近では珍しいタイル張りの風呂場を覗いた。追い焚き機能はついていないが、浴槽は広めでよさそうだ。水色のタイルも涼しげでいい。

部屋の光量が上がる。振り返ると、中岡が和室の雨戸に手をかけていた。重たげな金属の戸がスライドし、雑草の茂った庭が姿を現す。

小さな影が、縁側からほど近い茂みのそばを素早くよぎった。

「鳥？」

「あー、そうですね。近くに巣でもあるのかな」

ちょっと待っててください、と軽い口調で言って、中岡は雨戸を戸袋へ押し込んだ。恐らく数年前まで学生だっただろう彼が腕に力をかけるたび、黒いブロッコリーのようなアフロヘアーがふわふわと揺れる。これでよく営業がやれるな、と思う。彼と同じ年の頃、自分は市街地開発を主とするデベロッパーで高齢者の多い地域を担当していた。地権者一人一人の年齢や商売、性格を考慮してスーツを選び、爪を磨き、旬の手土産に精通して、やっと仕事の話が始まるような隙の許されない環境だった。こんな芸人みたいな髪型で勤められる、緩い会社が想像出来ない。

縁側に出ると、庭のあちこちで植物が実をつけているのが目に入った。赤い実、黒い実、緑の実。サイズもBB弾くらい小さなものから、親指の爪より大きなものまで様々だ。どうやらこれらを食べに野鳥が来ているらしい。少し遅れて、いくつかの庭木が紅葉していることに気づいた。

秋だ。いつのまにか、秋が来ていた。

秋が来ていたことに、ずっと気づいていなかった。

「ここにしようかな」

中岡の返事が少し遅れる。振り返ると、眉毛を細く整えた彼は意外そうに目を見開いていた。

「あー……本当ですか。わっかりました！　それじゃあ、すぐに手続き始めるんで」

「なんで今、驚いたの？」

「いやいや驚いたわけじゃないですよ。なんていうか……入居者の途切れない物件だなと思って。古い割に人気なんです、ここ。大家さんが、近所にいくつも物件を持ってる酒屋のじいさんなんですけど、この家を片付けて新しくアパートでも建てようかなって数年前から言ってるんです。でも、そのたびにひょっこり入居希望のお客さんが現れて、延期になるんですよ」

「え、建て替えが検討されているくらいどこか傷んでるってこと？」

「いや、そんなことはないですよ。耐震工事は十五年くらい前に済ませてるし……えーっと、配管も定期的にチェックしてる、家屋の傾きもほぼなし、年に一度シロアリ駆除もやってる。ただ、一般に築年数が四十五年を超えるとだんだん借り手がつかなくなってくるから、それで建て替えを検討しただけじゃないですかね」

中岡は手早くモバイルを操作し、物件の情報を引き出しながら答えた。適当そうな割にしっかりしているな、と感心しつつ家の中を見回す。

「畳はけっこう古い？」

「六年前に新調されてますね。それで、一年前のクリーニング時に表替えしてるんで、まだまだ綺麗《きれい》ですよ」

「じゃあ、やっぱり掘り出し物じゃないか」

「そうですね……あ、ちょっと待ってください」

ここで初めて口をつぐみ、中岡はちらりと俺の顔を見た。

「平野《ひらの》さん、人が死ぬのとか気になるタイプですか？」

「……ん、どういうこと？」

「六年前に、三つ前の住人が亡くなってるんです、この家。七十過ぎのおばあちゃんなんですけど、ある朝、庭で倒れてて」

「ああ、そういうのは……気になるといえばなるけど、高齢者が亡くなるのはしょうがないからなあ。六年も前で、間に二人も挟んでるなら、まあ……というか、教えてくれるんだね、そういうの。亡くなった直後の入居者じゃない限り、告知する義務はないだろう？」

「まあそうなんですけど、黙ってるのもなんか隠しごとしてるみたいで気分悪いじゃないですか」

あっけらかんと中岡は言う。気分悪い、の主体は顧客ではなく、彼自身なのだろう。あまりにオープンなので、なんだか年の離れた甥《おい》とでも話している気分になってきた。

「だから家賃が安いのか」

「いや、そういうわけじゃないと思います。直後の人は安くしたみたいですけど、今は通常通りですよ。安いのは、単純に古いから差し引かれてるだけです」

「ふーん」

もう一度、庭に目を向けた。茂みが揺れる。草木の陰から小さな生き物の気配がにじみ出ている。薄い影の溜まった家はとても静かで、そのせいか、庭が、町が、空が、映画のスクリーンのように明るく清々《すがすが》しく感じられた。

「ここにするよ」

「あ、じゃあ五分待っててください」

五分を示しているのだろうパーの形にしたてのひらをこちらに向け、中岡はスマホを耳に当てて話し始めた。ほんの二言三言のやりとりで通話を切る。

「大家さん、今から時間とれるみたいです。すぐそこなんで行きましょう」

戸締まりを手伝い、玄関に戻って靴を履く。中岡は家の前に車を置いたまま、徒歩で道路へ出た。周囲を見回し、迷いのない足取りで歩き始める。きっとよく知っている地域なのだろう。あっちにスーパー、こっちにコインランドリー、あの飲み屋は惣菜のテイクアウトもやってるから便利です、と道すがら細々した生活情報を教えてくれる。

歩いて五分もかからない距離の、黒瓦の日本家屋が大家の屋敷だった。庭に、提灯《ちょうちん》のごとく明るい色の実をつけた、見事な柿の木が植わっていた。

布団や食器、テーブルなど、最低限の荷ほどきを終えたタイミングでスマホが鳴った。着信を告げるディスプレイには、妻の綾香《あやか》の名前が表示されている。

「そっちはどう、引っ越し終わった?」

回線越しの妻の声にはアアー、ウーと水っぽくて耳に甘い声が混ざっている。もうすぐ一歳になる息子の涼太《りょうた》だ。一晩中抱いていた時期は重くて辛くて仕方がなかったが、こうして離れると、熱くて柔らかい幼児の抱き心地が無性に恋しくなる。

「まだ未開封の段ボールが十箱近く積んである。まあ、スペースはあるし、ゆっくりやるさ」

「庭付きなんてすごい。いいなあ。涼太を遊ばせてあげたい」

「連れておいでって言いたいところだけど」

「うーん、電車で二時間半、一人でずっとあやし続けて運ぶのはしんどいわあ。ベビーカー押して、おむつと粉ミルクと着替え持って」

「だよなあ」

子供が生まれて一番驚いたのは、想像していた十倍以上、赤ん坊がいるとなにもできない、ということだった。もちろん気力体力が充実している日なら色々とやりようはある。ただ毎日の仕事や家事と並行して、限られたエネルギーで育児をやりくりしていると、次第に消耗して大胆な行動は取りづらくなってくる。寝不足に耐え、あれこれとやるべきことを思い浮かべながら子供をあやしに行く日中の公園が、あんなに疲れる場所だと知っただけでも、育休を取ってよかったと思う。

そして現在、実家を頼り、保育園を利用しているとはいえ、銀行の窓口で働きながら一人で育児をしている綾香には、なおさら遠出をする気力はないだろう。迷惑をかけてごめん、と漠然と謝りたくなる。しかし謝るのはなにか違う、とも思う。

「いざとなったら俺の母親もどんどん呼び出しちゃってな。話は通してあるし」

「うーん、そうだね。いざとなったら」

ふえっ、ふえっ、ふえっ、と弱いぐずりが妻の声に被さり、ぴりっと体が緊張した。大泣きの予兆だ。腕時計を見ると、二十時だった。そろそろ眠たいのだろう。意識が遠のく感覚が怖いのか、涼太は毎晩就寝前に一時間、ひどい時には二時間近く泣き続ける。

「寝かしつけてくるね」

「お疲れさま」

「それじゃあおやすみ」

回線が切れた途端、耳に静けさが戻ってくる。薄暗い部屋で重さ九キロの涼太を抱き、バランスボールに座って一時間ほど上下に弾み続ける。そんな綾香の姿が目に浮かんだ。

育児休業から復帰して二ヶ月後、他県の子会社へ二年間の出向が命じられた。出世するには必ず何度か出向しなければならない、と説明はしたものの、綾香は育休を取得したことへのパタハラ的な意味合いがあるのではないかと落胆し、怒っていた。なんでも男性の育休取得が推奨される一方で、そうしたニュースが後を絶たないらしい。

出向を告げられて間もない頃は寝かしつけを終えた深夜に、台所で声をひそめて何時間も話し合った。話し合った、というより、俺が一方的に問い詰められたという方が的確かもしれない。

「信じられない。保育園になんとか入れて、やっと私も復職したところなのに……あなたの会社は、私に仕事を辞めろって言ってるの？」

「いや、そんなことないと思うけど……」

「じゃあ単身赴任が前提？　子供が生まれたばかりなのに。共働きが当たり前の時代に、なんでいきなり全部丸投げで単身赴任なの？　なんで剛《つよし》の会社は、社員の家庭事情をまったく考えないの？」

会社はそこまで考えないよ、と口にするより先に、綾香の両目から大粒の涙がこぼれ落ちた。

まさか泣かれるとは思わなかった。三ヶ月の里帰り出産の間はスケジュールをやりくりして週に一度は会いに行ったし、綾香と涼太が家に戻ってからはさらに三ヶ月、俺が育休を取ることでサポートした。おかげで綾香にワンオペ育児をさせることなく涼太を保育園に入れられたし、念のために地域の子育てサポートサービスにも登録した。ここまで頑張ったのだから、いってらっしゃい、と笑顔で送り出されるだろうと、心のどこかで油断していた。

泣かれると、途端になにを言ってもダメだという気分になる。呆然と言葉を失っていると、綾香は目を潤ませたまま、ねえ、と低い声で呼びかけた。

「あなたは、どうして怒らないの？　上司に交渉とか、全然してないんでしょう」

どうしてもなにも、会社ってそういうものじゃないか。

っていうか家を買った、子供が生まれた、ライフステージが変化した、そうしたタイミングでの異動って当たり前だろう？　俺だって人事部にいたとき、しょっちゅうそんな異動を組んできた。責任を背負った奴は辞めないから、いくらか根性の要るポストに異動させてがっつり働かせる。昔から粛々と続けられてきたことだ。それがどうしてここ数年で急に、パタハラだなんて聞き慣れない言葉で批難されるようになったんだ？　頭をよぎった様々な言葉の中に、泣きじゃくる妻が理解してくれると思えるものは一言もなかった。

だからずっと、黙っていた。

それから意思の疎通は叶《かな》わないまま二ヶ月が過ぎ、俺は生後十ヶ月の涼太と綾香を置いて、家から二つ県を挟んだ田舎町に引っ越した。

今思い返しても、綾香に説明出来ることなんてなにもない、と思う。恐らく人事や総務など組織の根幹の業務に触れたことがない綾香は、会社がどんな考え方をするか、その芯の部分をわかっていないのだ。

唐突な、しかも利益率が年々下がっている子会社への出向に、俺はなんの疑問も持っていなかった。会社には会社の正しさがある。綾香の言う、女性の社会進出の正しさと同じように。会社の要求と綾香の要求、その双方を叶えなければ、もう今の時代ではまともな男だと見なしてもらえない。

頭が鈍く痛んだ。引っ越しの疲れが出たようだ。

底の深いステンレスの浴槽に湯を張って、風呂に入る。百均で買ったリンスインシャンプーと白石鹼、ポリエステルのボディタオルで頭と体を洗い、ヒゲを剃ってから浴槽に体を沈める。自分好みの熱めの湯に、ふう、と肺の底から息が漏れた。湯気に曇った水色のタイルを見上げる。

風呂場が、広い。子供のおもちゃがないせいだろうか。いや、あるべきものが足りないのだ。浴槽を洗うスポンジ、カビ取りの洗剤、風呂の椅子……戸口と床の間にけっこうな段差があるので、すのこも買った方が良いかもしれない。シャンプーやシェービングクリームを床に直置《じかお》きすると湯を流すたびに倒れてうっとうしい。簡単なラックも置こう。あれこれと生活に必要なものを考えているうちに頭痛が遠ざかり、呼吸が少し楽になる。

寝間着に着替えて和室に戻り、さきいかをつまみにビールを一缶飲み、開梱したばかりの布団を敷いた。電灯から垂れた紐を二回引き、オレンジ色の豆電球だけが点った状態にして、枕に頭をのせる。

さきいかの匂いが部屋に残っている。しまった、半分食べて、残りをちゃぶ台に置いたままだ。涼太が間違えて食べると危ないから、片付けないと――とっさに背中を浮かしかけ、すぐに置きっ放しでもいいのだと気がついた。落ち着かない気分で、豆電球を見上げる。

そうだ、俺は真っ暗の方が眠りやすいんだった。涼太が生まれて、親子川の字で眠るようになってから、夜中に地震が来た際にすぐに涼太の位置を確認して抱きかかえられるようにしたい、と綾香の希望で豆電球をつけたまま眠るようになった。まぶたを閉じてもなお、薄い光に眼球を圧迫されている気分で、入眠がいつも苦しかった。

手を伸ばし、もう一度電灯の紐を引く。

部屋が濃度の高い闇に包まれた。シーツに横たわり、深く呼吸をして天井を見上げる。体の輪郭が溶け、どこまでも広がっていく。こんなに安らかな気分は久しぶりだ。誰も自分に触らない。誰の視線も気にしなくていい。独身の頃は当たり前だったそんな自由が、ことさらに輝いて感じられた。

ふと、庭へ面したガラス戸に目がいった。上部を月明かりで染めた、青暗い鏡のようなそれ。

――カーテンを早く買わなければ。

楽に、自由になることへの漠然とした後ろめたさに戸惑い、布団を被って目を閉じた。


出向先は、関東一円に現場をもつ空調設備会社だった。親会社が建設したビルや施設の仕事がそのまま回されるため、これまでは受け身の姿勢でもやってこられた。しかし年々仕事が減り、それに付随して無茶なスケジュールや低予算の仕事が増え、利益率が低下している。数年前から新規の顧客開拓のためのプロジェクトが組まれたが、なかなか実を結ばない。状況を改善しろ、というのが出向時に親会社から言われたことだった。

「各部署の従業員にヒアリングを行ったところ、待遇への不満がもっとも多く、モチベーションを阻害している要因としてあげられました」

「なんだよ、給料をあげろってこと?」

「いえ、それよりも評価制度への不信感が根強くあるようです。新規顧客の獲得数に応じて報酬を設ける、上司がこのプロジェクトの意義を理解して適切なレスポンスを行うなど、営業部と人事部が協働して、より制度的なアプローチが必要に」

「うん、やってくれよ。任せるからさ。どうせうちはオオシオ不動産さんの意向には逆らえないんだから」

面長で、目元の笑いじわが温厚なヤギを連想させる営業部長は、気さくだけどどこか頼りない感じがした。まあ、仕事を遮られることはなさそうなので、気楽といえば気楽だ。

「他になにかある? 着任して困ったこととか、気になったこととか」

「そういえば、先日いくつかの施設を回ったところ、点検やメンテナンスの手順がいくつか変更されているように感じました。とはいえ自分が確認したのはオオシオに残っていた十年近く前のマニュアルなので……」

「ああ、現場から、これじゃ効率が悪いって文句があってさ。施設の構造に合わせて、作業の順番を入れ替えてるんだよ」

「なら、現在の手順をまとめて、共有マニュアルを更新しておこうと思うのですが」

「いや、そういうのはいいよお」

明確に拒否を意味するてのひらをこちらへ向け、部長は迷惑そうに眉をひそめた。

「うちは、もう二十年もこの仕事をやってるベテランたちの意見を汲《く》んで、モチベーションを維持しながら一つ一つの施設を回してるんだ。マニュアルなんてただの目安なのに、そんな紙っぺら一枚で、もしなにか言われたら困っちゃう。ある程度はこちらに任せてもらわないと」

なんだか少し面倒な雰囲気だな、と思った。空調設備部門が独立し、子会社化されて十数年。ずいぶん内向きの組織になっているようだ。とはいえマニュアルの件は少し気になった程度で、そこまでこだわりたいわけではない。着任早々に、上司の心証を損ねるような発言は避けた方がいいだろう。

「現場への配慮もなく、差し出がましいことを言ってすみません」

浅く頭を下げると、営業部長はにこやかに目を細めた。

「いやいや、いいんだよ。これから仲間になっていくんだし、そう硬くならないで。うちはアットホームがポリシーだから、リラックスしていこう」

「ありがとうございます」

歓迎会は、散々だった。

アットホームと自称する職場の常で、上司から部下への干渉がひどく、押しつけがましい説教や飲酒の強要が当たり前のように行われていた。真っ赤に茹で上がったヤギは三次会で俺のことをお前呼ばわりし、「お前は偉いよォ、なんつったって謙虚だからな。世の中、下がどんな苦労してるか想像も出来ない馬鹿が多すぎるんだ。俺なんか本社の役員も知り合いばかりだけど、どいつもこいつも偉そうにふんぞり返る以外、なんにも出来ない奴でさ」と二時間にわたって呂律《ろれつ》の回らない妄言を垂れ流した。無限のように注がれる焼酎を拒むことは許されず、空々しい追従笑いと一発芸で盛り上がる座敷を抜け、俺はトイレで二度吐いた。

駅前で会社の人間と別れ、深酒の頭痛に苛《さいな》まれつつ静まり返った深夜の町を歩いて帰る。通りにひとけはなく、ようやく一人になれたと息をついた。

狭いベランダがいくつも並んだ単身者向けアパートの前を通る。何気なく顔を向けた先、一番近い位置にあったベランダの手すりに黒い紐状のものが引っかかっていた。紐のくねり方に素通り出来ない不穏なものを感じ、目を凝らす。

蛇だった。指ほどの太さの蛇が鎌首をもたげ、丸い冴え冴えとした鏡のような目でこちらを見ていた。

心臓が一度、鋭く弾む。

――俺は出世争いから外されたんだ。これからはひたすらグループ内のお荷物になっている職場を転々として、あんな馬鹿どもの尻拭いを死ぬまで続けるんだ。

唐突に、汚水のような思考が脳を濡らし、吐き気が込み上げた。喉の奥に力を込め、足早にその場を歩き去る間、背中にずっと、蛇の目線を感じた。

風呂場の引き戸が外れやすい。

連絡したら、中岡は次の休みの日にさっそく訪ねてきた。家の前に社用車を停め、工具を持ったつなぎ姿の青年とともに降りてくる。するともう一人、助手席から深いコーヒー色の肌をした大柄な青年がのっそりと現れた。

「うちの同僚です。訪問先がこの近所で、同乗してきました」

中岡の紹介に、アフリカ系の風貌をした彼は真っ白い歯を見せて快活に笑った。「いつもお世話になってます」と挨拶をして、通りを挟んだ別の住宅街へ入っていく。中岡のアフロといい、つくづくインパクトのある不動産屋だ。

引き戸は、過去の住人が重いものでもぶつけたのか、レールの端が変形していた。一時間ほどで交換出来るとのことだったので、業者が作業を行う間、縁側に座って世間話をした。生活周りのことや、近所の動向だのを話すうちに、中岡が思い出したように腰を浮かせた。

「そうだ、大家さんから、平野さんにって預かっていたものがあるんです。車に積んであるんで、持ってきますね」

一度家を出て、中岡は高さのある四本脚のテーブルを小脇に抱えて戻ってきた。

「賃貸契約の際にこの家を選んだ理由を聞かれて、平野さん、庭に野鳥が来ていて面白かったから、って答えたじゃないですか。大家さんの奥さんが前に使っていた野鳥の餌台で、よければ使って、とのことでした。ええと、こんな感じで……」

中岡はほどよく枝を広げた木のそばに、その高さ一メートル半くらいはありそうな餌台を置いた。

「この上に皿を置いて餌を用意すると、スズメとかヒヨドリとか、運がよければメジロも来るらしいですよ」

「餌は、ペットショップに売ってる鳥の餌でいいのかな」

「わざわざ買わなくても林檎とか生米とかで十分ですよ。……あれ、近所のじいさんが木の枝に蜜柑を刺して鳥を呼んでるところとか、見たことありません？」

「今まで住んだのが団地やマンションばかりだったから」

果物や米でいいなら、試してみてもいいかもしれない。もう少し日陰の方がいいかな、と丁寧に餌台の位置を調整するアフロの後ろ側を眺める。見慣れたそれに親しみを感じ、気がつけば口が動いていた。

「中岡くんって、なんでアフロなの？　なにかこだわりでもあるの？」

振り返った彼は、心なしか照れた様子で首筋を搔いた。

「こだわりってほどじゃないんですけど、小学生の頃、アフロ犬が大好きで……」

「ずいぶん懐かしいな！　十数年ぶりに聞いたよ、アフロ犬」

確か、虹色のアフロヘアーの犬のキャラクターだ。十数年前、俺が学生の頃に流行っていた。しかし、わけがわからない。そのキャラクターが好きで、なんで今アフロなんだ。自分でも言っていて説明不足だと感じたのか、中岡は餌台の調整を終えると縁側に戻り、考え考え口を開いた。

「さっき、一緒にアフリカ系の同僚がいたじゃないですか。彼は丈太郎《じょうたろう》って言うんですけど、幼稚園のひまわり組からの幼なじみで」

「じゃあ生まれた時から日本にいる人なんだ」

「はい。両親が地元の企業で働いてて、英語は僕と同じ英検三級、中学の頃は自分と名前の読み方が同じキャラクターがいるって大喜びで『ジョジョ』を全巻集めてたくらい、どこにでもいる普通の二十代なんですけど……勤めだしたら、僕を含めた同期四人の中で、あいつだけ全然お客がつかないんですよ。ひどい時には、お前なんか畳に座ったこともないだろうって、初対面のお客様にとんちんかんな説教されてて。そいつ二十数年間ずっと畳で生活してるし、ちゃんと研修で手入れの仕方を勉強してます、ってその時は割って入ったんですけど」

「……まあ、容姿を考えたら誤解されるかもなあ。都心ならともかく、こんな地方都市だと黒人どころか海外から来た観光客にすら、なかなか会う機会がないだろうし」

さほど考えずに相づちを打ったものの、もしかしたら俺の言葉は中岡にとって受け止めにくい部分があったのかもしれない。中岡は困ったように眉を寄せ、続けた。

「報告を受けたうちの社長がウンウンうなって、フロアの全員に言ったんです。これは俺たちのせいだ。色んなルーツを持つ人間がいて当たり前だって、住民がぱっと想像できないくらい、ここは人の出入りが少ない田舎なんだ。さらに俺たちが『私はみんなと同じ真面目な人間です、だから仲間に入れて下さい』的な強迫観念に囚われて、就活の時も、勤めてからも、見分けがつかないほど似たような格好で、似たような受け答えしかしないから、ちょっと目立ってみえる丈太郎が特別扱いされるんだって。それで、お前ら明日から丈太郎よりもお客様の印象に残るくらいバラエティに富んだ格好してこい、って指示したんです」

「すごいな」

心からの声が出た。そうした反応に慣れた様子で、中岡は控えめに微笑んだ。

「すごいですよね。いやらしかったり不潔だったり、業務に支障を来すほど動きにくかったり、そういうのはダメですけど、基本的には自由で。考えがあるならスーツ以外の格好でもいいし、髪を染めたっていい。自分らしさが前に出てくる格好をしろって」

「それで君はアフロに」

「はい、アフロに。僕らしさってなんだろうって思ったら、アフロ犬すげえ好きだったなっていうのと、子供の頃に母親がアース・ウィンド・アンド・ファイアーを聴いてて、よく一緒に踊ったんですけど、あのゴキゲンで自由な気持ちのまま、仕事が出来たらいいなって」

「むしろアース・ウィンド・アンド・ファイアーの方を先に言おうよ。アフロ犬じゃわけがわからないよ」

「まあ、そういうわけです」

まるで存在を確かめるように、中岡は自分のアフロを柔らかく撫でる。

「それで、バラエティに富んだ効果はあったの？」

「あったんですかねえ。ただ、丈太郎だけが目立つんじゃなくて、うち全体がちょっと変わった不動産屋扱いされるようになりました。僕はアフロだし、韓流ファンの女子社員は濃いめのメイクと高めのヒールでキラッキラしながら外回りしてるし、将棋好きでネクタイの柄もピンも将棋の駒って人もいるし、とりあえず目立つようにって腕にビニール製のガチャピンの抱っこ人形つけてる人もいるし……同じふりをしていたけどみんな違うって目に見えてわかる感じはよかったんじゃないですかね。丈太郎も、少し前に落語にはまったんですけど、『火焔太鼓《かえんだいこ》』とか『子ほめ』とか噺《はなし》のタイトルがプリントされたネクタイをわざわざ注文して、それを締めて営業に行って、意地悪なじいさんと仲良くなったってニヤニヤしながら帰ってきたこと、ありました」

「丈太郎くんすごいな、サバイバルしてるね」

うちではそんな無理だ、と思う。ワンマン社長が号令をかけられる地域密着型の小さな会社だから出来ることだ。無理だ、とまず思ったことに、少し気が重くなる。

「いろいろ教えてくれてありがとう」

「今度、平野さんのアフロ的な話も聞かせて下さいよ。そうしたらまた、なにか生活に便利なご提案が出来るかもしれないんで」

「俺にそんな特徴的な話はないよ。単身赴任中の、ただの平凡なサラリーマンだ」

小一時間で工事は終わり、中岡は業者の青年を連れて帰って行った。

真新しい銀色のレールには歪み一つなく、引き戸は軽く手を添えただけで、カラカラと音を立ててスライドした。


食事は外食かコンビニの弁当で済ませていたので、米を買うのは久しぶりだった。百均で頑丈な深皿を買い、しゃらしゃらと涼しい音を立てる生米を少量入れる。半日ほどそのままにしておいたら、スズメが一羽やってきた。皿の縁に止まり、てん、てん、と幾度か跳ね、白い粒をついばんで去っていく。

台所に米があると思ったらおにぎりだの卵かけごはんだの、子供の頃に好きだったシンプルな食べものが恋しくなった。中古の炊飯器を購入し、梅干しを入れたおにぎりを作って昼食として会社に持参する。途中から鮭《さけ》フレークやツナマヨなど、バリエーションを増やした。

鳥を呼ぶ暮らしは、楽しい。残り物の冷や飯を油でいため、鮭フレークとちぎったレタスと溶き卵を加え、塩と胡椒《こしょう》で味を調える。休日に、自分好みに味を調整したチャーハンを頬ばりながら、同じ米をスズメが食べている姿を眺めているのは幸せだった。静かだ。そばに、誰もいない。どこかへ出かける気もしない。

俺はこんなに一人でいるのが好きだっただろうか。

先週、二ヶ月ぶりに自宅へ帰った。お土産に、歩き始めた涼太には柔らかい生地で作られた水色のファーストシューズを、綾香にはきちんとしたブランド物の紅茶を用意した。

「うわ、ほんとに歩いてる。上手だな」

両手をこちらに向け、一歩、二歩、とよろつきながら満面の笑みで歩いてくる涼太は、胸がとろけるような愛らしさを放っていた。夢中で抱き上げ、頬擦りをした。甘酸っぱい体臭やなめらかな髪の感触を味わい、心のどこかで、自分がきちんと涼太をかわいく思えていることにほっとした。

「重たくなったな。ずいぶん手足ががっしりしたよ」

「そりゃ二ヶ月も帰ってこないんだから、育つよ」

綾香は薄く怒りをにじませた呆れ声で言う。彼女は紅茶の包みを開いても「これくらいで誤魔化されないからね」と顔をしかめていた。

とにかく綾香を休ませた方がいいだろうと、午後は涼太を連れて散歩に出た。乳幼児向けの丸っこくて小さな遊具が集められた公園には同年代の親子連れがたくさんいた。ベビーカーを押す父親の姿も多い。慣れた様子で赤ん坊を腕に抱き、ジャングルジムを登る上の子に「落ちるなよ」なんて声をかけている人もいる。

たった二ヶ月離れただけで涼太の感情の流れや気のそらし方がわからなくなり、急に泣かれたり、うんちが出て慌てておむつ台を探したりと、一時間も経たないうちにずいぶん消耗した。ただ、こんな短時間で家に戻ってはまずい。おもちゃが大量に用意された有料の遊び場に移動し、もう一時間ほど時間をつぶした。そこは乳幼児のプレイエリアがブロッククッションで仕切られていて安心だし、涼太も次から次へと新しいおもちゃに意識を向けてくれるので相手をしやすい。綾香は家計のために利用を控えているらしいが、久しぶりなので見逃してもらいたい。

夕飯は、綾香が用意したパスタを食べた。食後は俺が食洗機を動かし、浴槽を洗い、二人が風呂に入っている間に洗濯をして、室内干しを済ませた。綾香には早めの晩酌をすすめ、涼太の眠気が訪れるまで積み木と電車のおもちゃで遊んだ。歯を磨き、おむつを替え、ぐずり始めたタイミングで寝室に向かう。

「みんなで眠るの久しぶりだね」

枕に頭を預け、綾香は嬉しそうに言う。半日でずいぶん表情が柔らかくなった。彼女に愛《いと》おしさを感じ、手を伸ばして頭のてっぺんを撫でる。三十分ほどぐずぐずと泣いていた涼太は、指しゃぶりをしてようやく落ち着いた。シーツに横たえると、目を閉じたまま寝返りを打って俺の方に近づいてくる。なつかれているのを感じて、胸がいっぱいになった。

寝室には、オレンジの豆電球が点いている。涼太の寝顔が間近に見える。広めのおでこ、俺に似た濃いめの眉毛と短い睫毛、まだほくろが一つもないみずみずしい頰。ああかわいいな、と思う。俺は家族を大切に思っている。そう嬉しく感じた、次の瞬間。しゃぶられていない方の涼太の指が、ふらりとこちらへ伸びた。鎖骨と首の境目の辺りに触れ、弱い力で皮膚をこすり始める。

忘れていた。涼太は、親の体に触りながらでないと眠れないのだ。安心するのだろう、眠っている間も親がそばにいることを確かめたいのだろう。

だけど俺は、そのたびに落ち着かない気分になった。触られているうちに、そこから弱い電流が流されているような、薄い吐き気に似た感覚が込み上げてくる。何度か「さわさわするのはやめよう」と言い聞かせ、眠り際に触る対象をぬいぐるみやハンドタオルに替えられないか試みたことはあったが、ただ泣かれるだけで上手くいかなかった。

綾香は涼太のこの癖を「かわいい」と慈しんでいたし、親子の信頼を築く上で大切な習慣だと信じていた。両親が方針を揃《そろ》えなければ、子供は習慣を変えられない。確かにかわいいし、いじらしい癖だと思う。綾香は正しい。いつも通り。

だから、こんなにも愛おしい、二ヶ月ぶりに会ったわが子の指に耐えられない俺の方がおかしいのだ。単身赴任前は、なるべく感触を意識しないようにしてやり過ごしていた。我慢が出来ていた。

弱いオレンジ色の明かりが辛い。早く眠って、触られていることを忘れたいのに、降り落ちる光を細かい針のように感じて苦しい。真っ暗な、誰にも触られずに深く呼吸が出来る寝床が恋しい。

眠れないまま、気がつけば二時間が経過していた。体に強ばりを感じながらスプリングを揺らさないよう慎重にベッドを下りる。寝室を出て、台所で麦茶を飲み、暗いリビングで深く息を吐いた。照明をつけずにソファに腰かけ、体内に残る不快感を洗い流そうとスマホを開いた。なにか簡単なゲームでもやって、このままソファで眠ろうか。

寝室の扉が開く音がした。振り返ると、綾香は不安げに眉をひそめてこちらを見ていた。

「急な呼び出しでも入った？」

「いや、違うんだ。そうじゃなくて……」

この形容しがたい不快感を、どうすれば伝えられるだろう。眠さで体がだるく、それなのに、頭だけ嫌な感じに冴えている。

「涼太、首を触るだろう。あれがなんだか気になって……我慢出来なくて、こっちに来たんだ。今日はこのまま、ソファで寝るよ」

綾香はあっけにとられた様子で目を丸くした。数秒をおいて、はあ、とやけに力のこもった息を吐く。

「我慢、出来なくて……ごめん、ちょっと、わからない。二ヶ月……二ヶ月、こっちは放りっぱなしで仕事だけ……夜泣きの対応をしたり、離乳食をあれこれ悩んで作ったり、毎朝毎朝おむつ穿《は》かせて着替えを用意してグズグズ泣いてるのをあやして保育園に送ったり、迎えに行ったり、周りにごめんなさいって言いながら早く仕事を切り上げたり、そういうの全然やらなかった人が、ほんの数時間、涼太のそばで横になっただけで、我慢出来ないって、言うの？　私は二ヶ月間、一人で全部やってきたのに、今夜も私に、一人で相手しろって、言うの？」

なにかを言いかけて開いた口から、言葉が出てこない。そうだ、言われてみればその通りだ。その通りで、とても苦しい。公園で手慣れた様子で子供をあやしていた同年代の父親たちの横顔が目に浮かぶ。きっと彼らは寝かしつけもスムーズにやっているのだろう。目立つおもちゃがなくとも、原っぱで他愛もない遊びをして上手に子供を笑わせていた。みんなが当たり前にやっていることなのに、どうして俺はうまくできない。

しばらく返事を待つように沈黙し、綾香は再び、苦々しく顔をしかめた。

「少し前まで、私なんか一日中おっぱい吸われてたんだよ？　ちょっと触られるぐらい、我慢してよ。言っちゃ悪いけど、剛は親になる覚悟が足りないんだよ。自分のことばっかり」

綾香は正しい、俺はおかしい。そうなんだろう、きっと。言えることなどなにもない。顔を曇らせた彼女を見つめ、帰りたい、とただ思う。鳥たちが集う、あの静かな家に、帰りたい。


午後になると、隣の敷地から軽やかなピアノの伴奏に乗って下手な合唱が響いてきた。なんの施設かは知らないが、毎日の習慣らしい。

たいして気に留めずに昼寝をしようと目を閉じる。覚えのあるメロディが意識を引っ掻いた。ヒヨコやスズメが、かくれんぼをしている。どれだけ上手に隠れても、きいろいあんよや、ちゃいろいぼうしが、見えてしまう。うとうとと眠りかける。いとけない生き物が、まぶたの裏で遊んでいる。

だんだん、だーれが、めっかった。

かわいいメロディがふと、不穏さを帯びる。その瞬間、悪寒が全身を走り抜け、心臓が凍った。とっさに体を起こし、野鳥が飛び交う明るい庭に目を向ける。

——結局、愛していないんだ。心のどこかで捨ててしまいたいと思っている。俺は結婚するべき人間じゃなかった。あの二人を不幸にするだろう。

ガラスに映る自分を見るうちに恐ろしい思考が込み上げ、顔が歪む。色の抜けた雑草の陰、乾燥した木の向こう側。

なにかがこちらを見ている。

会社の休憩室には簡単な給湯設備の他、小さなテレビが置かれている。テーブル席の一つに座り、手作りのおにぎりとカップスープで昼食をとっていると、同じ営業部の船《ふな》戸《ど》が湯を入れたカップ麺を手に隣へ座った。

「平野さん、マメだなあ。料理とか好きなの？」

「いやあ」

特に言うべきことも思い当たらず、肩をすくめる。午後は一緒にいくつかの現場を見回ることになっている。年齢が近く、ざっくばらんな雰囲気のある彼は、比較的付き合いやすい相手だ。特にしゃべることもなく、黙々と食事を進めた。

パタハラ、という言葉が唐突に耳に転がり込み、さほど意識もせずに顔を向ける。

音源は、休憩室の隅に置かれたテレビだった。昼のニュース番組で、苦いものでも食べたような顔をした男性キャスターが、大手企業のハラスメントに関するニュースを伝えていた。なんでも育休復帰と同時にそれまでの業務とはまったく関係のない、窓際の部署に左遷された男性社員がいて、ＳＮＳで企業を告発したらしい。

綾香が言っていたのはこれか、と思う。きっと似たようなケースが相次いでいるのだろう。働き盛りの男が企業を告発するなんて、一昔前にはありえなかった。俺もうっかりパタハラで訴えられないよう気をつけよう、などと思いつつおにぎりを頬ばる。すると、隣の席で無言でカップ麺をすすっていた船戸が、吐き捨てるように言った。

「こんな風に会社を訴えた奴、もう絶対、再就職出来ないよな」

「……へ、なんで？」

「だって待遇に不満があったらＳＮＳで会社を告発します、って宣言してるようなもんだぜ？　そんな爆弾、どこも雇わねえよ」

船戸は薄く笑い、同意を求めるようにこちらを見た。その黒々と光る、奥行きのない平たい瞳を、どこかで見た覚えがある。

――その通りだ。個人情報が容易《たやす》く流出する現代では、ふとした悪目立ちが消せない汚点となって人生に付きまとう。純粋に能力だけを見て採用する人事担当者なんか見たことがない。いつだって測られているのは、組織への忠誠度だった。大人しく転職すればいいものを、絶対に後悔するぞこいつ。

少し思考をそちらに傾けるだけで、なめらかな罵倒が脳の奥からあふれ出す。簡単だ。このくらい、いくらでも調整出来る。

ただ、両腕に鳥肌が立っている。船戸の目は、本当にこんな光り方をしていただろうか。ここで頷いたら取り返しの付かないことになるような、でも、場の流れにあらがう方法が、自分の考えが正しいと信じる力の在処《ありか》が、俺には、どうしても、わからない。

「そうだよな。こんな騒ぎを起こして、絶対後悔するよ」

「なあ」

同調して、喉で笑い合う。なにも起こらない。当たり前だ。なんだ、と浅く息を吐いた次の瞬間、船戸のスーツの袖口から黒っぽいものが零れ、ぽとりと俺の膝へ落ちた。柔らかくしなる感触と、林檎一つ分ぐらいの重みを確かに感じた。それなのに、スラックスを見ても何もついていない。

「なにか落とさなかったか?」

「えー、別に」

船戸は上着のポケットや袖のボタンを確認して首を振る。釈然としないまま、昼食の片付けをして仕事に戻った。午後の予定をこなし、駅前の蕎麦屋で鴨南蛮《かもなんばん》をすすって帰宅する。

引き戸を開け、玄関の上がり框に置いた鞄から、細長いものがするりと伸びた。音もなく、流れる水に似たなめらかな動きで廊下の奥へと這っていく。靴を脱ぎ、慌てて後を追った。

出勤前に、俺は一体どんな用事でそこを開けたのだろう。和室の押し入れの襖に、幅十センチほどの隙間があった。黒くしなやかな尾が襖の縁をなぞり、天井の方向へ姿を消す。

蛇――はたしか、守り神になるから、家に入れても、いいはずだ。そう思う、思うことにする。

「寒くなると家にねずみが潜りこもうとするので、もし気になることがあったらご連絡下さい。あいつら、薄いポリ袋や紙袋は簡単に噛み破るんですよ。食品や調理器具が汚染されないよう、隔離したいものは冷蔵庫に入れるか、丈夫なボックスなどに収納してください」

二ヶ月に一度、中岡は律儀に電話を寄越し、不便がないか確認してくる。

「わざわざどうも。でも、うちは大丈夫だよ」

――俺がいるからな。

調子のいい声に振り向けば、開け放った襖の奥、押し入れの天井から垂れた腕が見える。人間の男の右腕。肘から指先までが、時々ふらりと左右に揺れる。

「……いえ、なんでも。はい、それじゃあ」

適当に会話を切り上げて、通話を切る。

――多様性の尊重なんて、田舎の金持ちが道楽でやってる商売だから出来ることだ。都心の競争原理に放り込んでみろよ、一瞬で淘汰《とうた》されるぜ？

それは、相変わらず雄弁だ。耳を傾けるうちに、一度は先進的で素晴らしいと思った中岡たちの生き方が、急に幼稚でくだらないものに思えてくる。

「でも、いい人たちじゃないか」

――客と比べて、自分らが弱い立場だってわかってるから善人ぶるんだ。

「そんな言い方することないだろう」

――滑稽だな、お前が思ったくせに。

低い笑い声を残し、腕は上方へ引っ込んだ。小さな箒《ほうき》で天井裏を掃いているような、軽い音を立て遠ざかる。

年明け、町には雪がちらついた。

朝、目が覚めるとまず縁側のガラス戸を開け、庭に設置した餌台へ向かう。雨よけと雪よけとカラスよけのためにくりつけた幼児用のビニール傘の陰から餌皿を取り、中の食べ残しや鳥の糞を外の水道で洗う。新しい米と果物、ひまわりの種を盛りつけ、元の位置に戻す。あまり大量にやり過ぎるのもよくない気がするので、餌をやるのは一日二回、少量ずつの給餌に収める。

端の焦げたトーストを頰ばり、林檎をかじって庭を眺める。隣の施設から、ばさばさと洗濯物のしわでも伸ばしているような重みのある音が聞こえる。

視界の端を、小さな影がよぎった。スズメが一羽、二羽、と米粒をついばんで飛び去っていく。いつも仲間連れでやってくるヒヨドリは餌台に長く留まり、林檎をつつく後ろ姿を見せてくれる。小柄なメジロは、他の鳥がいない時にひっそりと遊びに来る。蜜柑の汁を嬉しそうに吸っている。庭を軽快に歩き回っているのはキジバトだ。町中のドバトは首のぬらりと光る色が苦手で敬遠気味だったけれど、こちらの暖色の鱗模様の羽は、むしろ細かさに感心して見入ってしまう。

気温が下がるにつれて、鳥が餌台を訪れる回数が明らかに増え、家の周りが賑やかになってきた。デデポポ、ピルルル、チュルッチュルッ、ギュエエ。目をつむると、様々な鳴き声が聞こえる。ガラスを一枚隔てた場所で、様々な命が弾んでいる。

音を切ったスマホが、ディスプレイを光らせた。綾香の名前が中央に表示される。季節柄仕事が忙しく、年末年始は自宅に帰らなかった。空調の効きが悪い、異音がする、機材に動物が入り込んでいるなど、次々と舞い込む問い合わせへの対応で朝から晩まで職場に詰めていた。それなのに、週に二度は行きたくもない会社の飲み会に参加しなければならない。

「男の人で集まって盛り上がってるんでしょう？　いいじゃない、ストレス発散出来て」

帰宅できない旨を伝えると、電話口の綾香は渋い声で言った。

――女へのセクハラを俺らが理解できないように、男の間で起こるパワハラを、女は理解できないよ。わかってくれって言うだけ無駄だ。

ざざざ、と頭上で音が鳴り、声が降り落ちる。

――期待するなよ。いいことなんか、なんにも起こりゃしないんだから。

「そうだな」

生きた人間に会いたくない。気がつけば、この家が唯一、俺をかくまってくれる居場所のような気がしている。

頭上を這いまわる生き物は、夜になると動きを活発化させた。天井裏の隅から隅まで、さりさりと細かな音を立てて旺盛な移動を繰り返している。時々、重さのある物体が勢いよく柱や壁にぶつかる鈍い音が聞こえた。ジイ、と小さな鳴き声が聞こえることもある。

天井裏から垂れさがる腕は、ひと月も経たないうちに肘から肩の付け根へと長さを伸ばした。きっと、栄養をつけたのだろう。

梅がほころび始める頃、回線越しでも伝わる緊迫した声で親会社に呼び出された。

出向先の空調設備会社が過去五年間、およそ三百の施設で保守・点検業務を適切に行わず、必要な消耗品の交換をしていなかったことが内部通報で発覚し、マスコミにリークされた。人員削減、及び作業時間の短縮のため、上層部からの指示で行われた会社ぐるみの不正行為だった。その上、子会社の役員は、親会社の社員が業務を視察する機会もあったため――俺のことだ――問題はないと考えていた、と苦し紛れの言い訳まで口にした。

「どうして早く報告しなかったんだ！　最悪の形で明日の新聞に載るぞ！」

蒼白な元上司の顔を見ながら俺は、ああだから動作不良の連絡が多かったのか、と間の抜けたことを考えていた。あいつの言う通りだ。人生にいいことなんか一つも起きない。俺は、それに気づくのが遅すぎた。

事件発覚後は社内調査と親会社への説明で忙殺され、まったく家に帰れない日々が何ヶ月も続いた。報道を目にしたらしい綾香からの連続した着信に気づき、折り返して事情を説明する。彼女はたっぷり三十秒は絶句した後に、悲鳴のような声を上げた。

「どうしてそんなことに荷担したの！」

「荷担したわけじゃ……」

「おかしいって気づいていたのに、不正を黙認したってことでしょう？　なんで、そんな……あなたは、会社のためなら罪も犯すの？　涼太が犯罪者の息子になってもいいの？」

なに一つ、言葉が出ずに黙りこむ。すると彼女は、どうしてこんなときまでなにも言ってくれないの！　と回線の向こうで泣き崩れた。どうしてもなにも、言えることなんてなにもない。動揺する母親を見て不安になったのだろう。甲高い涼太の泣き声が入り込む。

大手デベロッパー子会社の不祥事として事件は大きく報道され、出向先の社長は処分された。俺は事件への関与は否定されたものの、不正行為に関する情報を入手していたにもかかわらず報告を怠ったとして親会社の心証を損ね、さらに別の子会社への出向が命じられた。

俺は誰にも言わずに会社を辞め、蛇が巣くう家に残った。

生きていかなければならない。逃げても、投げ捨てても、転げ落ちても、まだその先で、生きることは続いていく。

俺は近隣のビル管理会社に就職し、複数のビルとマンションにローテーションで駐在する設備管理員になった。月収は十万近く下がったが、綾香には「新しい出向先では残業代が出ないんだ」と説明した。彼女には、より遠い県にある子会社に出向しているとして、虚偽の勤務先と逗留《とうりゆう》先《さき》を告げた。綾香からの電話は「こんなはずじゃなかった」「なにが起こったのか全然わからない」「こんなこと両親に言えない。私は誰にも助けてもらえない」と日に日に悲哀を深めていく。

なるべく生活費を切り詰め、二人に金を送るよう努めた。罪悪感もあったし、送金を止めたら家庭から逃げたことがばれる、という恐怖もあった。口先でつじつまを合わせ続けるのが辛くなり、綾香からの着信に拒否設定を行った。

野鳥の餌にする米と果物だけ、自分に買うことを許した。それだけが唯一の慰めであり、娯楽だった。塩にぎりを食べ、一つの蜜柑をメジロと分け合う。体重が一ヶ月で四キロ落ちた。頭が痛く、なにをしていても落ち着かず、仕事以外の時は寝そべったまま動かない時間が増えた。

うまく眠れずに、うつらうつらと曖昧な意識で迎えた朝。庭に小鳥が集まっている気配がするのに、体を起こすのが億劫《おつくう》だった。

――今日は餌が出ていないって、腹を空かせてるんだろう。餌台に行く気力がないなら、戸を開けて、部屋の中に米でも撒いてやれよ。そうすれば姿も見られるぞ。

それはいい、と感覚の鈍い体を起こし、台所に残っていた米をひとつかみ、しゃらりと畳にばらまいた。カーテンを両端に寄せ、庭に面したガラス戸を開け放ち、再び布団に横たわる。

数分もしないうちに、恐る恐るといった様子でスズメが顔を出した。室内を見回し、小さなくちばしで散らばった米をついばみ始める。果物を好むヒヨドリやメジロ、穀物好きのシジュウカラまで、招かれるように部屋に入った。あっというまに十数羽の鳥が遊びに来て、照明器具に止まったり、テーブルの上で羽づくろいをしたりとくつろいだ様子を見せてくれた。ふわりと腹が温かくなる。半年かけて、俺が手なずけた野鳥たち。

どうしてそれが起こったのか、わからない。

突然強い風が吹き、端にまとめてあったカーテンが勢いよくレールをすべって開け放たれた空間を塞いだ。それと同時に布団の裏や押し入れの暗がり、戸棚の陰から色も大きさも様々な無数の蛇が這い出てきた。

和室は小さな地獄と化した。恐慌状態に陥った小鳥たちは入ってきた戸口に殺到し、しかしカーテンの布地に阻まれ、急旋回で向きを変えた。羽毛が雨のように降り落ちる。ばつん、と激しい音を立て、壁に激突した小鳥が畳へ落ちた。ばつん、ばつん、と連鎖する。十数羽の鳥がすべて落ちるまで、五分もかからなかった。蛇たちは畳をすべるように近づき、痙攣する獲物を呑み込んでいく。

「どうして」

思わず呟く。こんなこと、俺は望んでいなかった。天井裏から、さざ波のような笑い声が返る。

——望み通りだろう。

「違う」

——違わない。仕事を得れば仕事を、家庭を持てば家庭を、持ち重りするものを、いつだって投げ捨てたいと思っていたじゃないか。いい加減、まともな人間のふりなんてやめてしまえよ。

「お前は、俺の本心を汲み出してしゃべっているんじゃないのか？」

——俺がなにをしゃべっているかなんて、知るものか。

会話に噛み合わないものを感じ、布団から体を起こす。天井裏の生き物は、ぺった、ぺった、と湿っぽい音を立てて移動した。どうやら手足が生えたらしい。しかしその歩行音には、聞き覚えのある音が混ざっていた。潮騒《しおさい》、もしくは箒で床を掃く音に似た、かすかな音。

ずっと、蛇の鱗が床に擦れる音だと思っていた。しかし手足を得たなら、なぜ未《いま》だにこの音が聞こえるのだろう。

立ち上がり、天井の方向に耳を澄ます。

血の気が引いた。

シネシネシネシネシネシネシネシネシネ……。

それは炎天下に響く蟬の声に似た、無垢《むく》な獣の鳴き声だった。俺が死ぬのを、楽しみに待っている。動かなくなった俺の体を、墜落した小鳥たちと同じく丸吞みする瞬間を待ちわびている。俺の内面のもっとも後ろ暗く、死へ向かう部分を鏡のように反射し、理解者のごとく擬態しながら。

——でも、だから何だって言うんだ？　お前はもう終わりだよ。積み上げたものを捨てて逃げたんだ。誰にも許されるものか。死ねばいい。面倒事も、ぜんぶ終わる。

「黙れよ」

どうして俺の中に、俺を殺そうとする考えがあるんだ！

ああ、違う。当たり前だ。俺は自分を絞め殺すような場の流れに幾度となく同意してきた。自分がなにを感じているかなど考えず、周囲の正しさに自分の感覚を合わせてきた。

俺は俺の味方をしていなかった。

蛇は、それを嗅ぎつけてやってきた。

暖かくなるにつれて、手足がだんだん萎えていく。俺が力を失うと、天井裏の足音は活力を増した。どうやら少しずつ食われているようだ。蛇が自分の体より大きな獲物を、時間をかけて吞むように。手足から順に、心臓へ向けて。俺のすべてを食い終えた時、こいつは人の姿を得るのだろう。

隣の敷地から枝を伸ばした桜が咲き始めたある日。色彩を増していく庭を眺めて縁側に座っていると、大家のじいさんが饅頭を提げて訪ねてきた。

「なんだか具合が悪そうだって聞いてさ、大丈夫かい」

はじめは適当な世間話をして、追い払うつもりだった。しかし隣に座って話し始めた大家は、思いがけないことを言った。

「ヒラノアヤカって、おたくの奥さんだよね？　夫の引っ越し先を教えてくれって、よくわかんない電話がかかってきたんだ。万が一奥さんのふりをしたストーカーだとまずいかなって、保留にしておいたけども」

久しぶりに綾香の名を聞き、心臓が痛いくらいに脈を打った。そうか、彼女は嘘に気づいたのだ。俺の状況がばれるのも時間の問題か。捨てられる。もうおしまいだ。全身を襲う虚脱感に、思わず顔を覆ってうつむく。てのひらが作る薄闇から、半笑いの蛇の声が響いた。

――捨てられる前に死ねばいい。そうすれば痛みは避けられる。

黙っていろ。

「なあ、大丈夫かい。なにかあったのか？」

大家はやけに親身な声で聞いた。店子《たなこ》が首でも吊ったら物件が汚れる、と心配されたのだろうか。泣き落としでもなんでもいい、とにかく目の前の男から情報が綾香に漏れないよう、俺は家庭から逃げたこと、忍耐してきた仕事も投げ捨ててしまったことを打ち明けた。

「生活を立て直すまで、どうか妻には黙っていて下さい。お願いだ」

必死で頼み込むと、大家は苦々しい顔で俺の顔を見返した。眉間にしわを刻み、はあ、と重いため息をつく。

「なんでだろうなあ」

「……なにが、ですか？」

「あんたみたいな人ばっかり来るんだよ、この家。なんていうの、それまでの環境や、色んなものから逃げてきたっぽい人」

言われたことがあまりに突拍子もなくて、返す言葉に詰まる。大家はしかめっ面のまま、続けた。

「一番驚いたのは、六……いや、もう七年も前かね、杣鳥さんっていう小さくて品のいい婆さんがいてさ。その人は、過去に死体遺棄事件を起こした宗教団体の元教祖だった。いやー人当たりも柔らかいし、言葉も丁寧だし、まあ最後の方はちょっとボケたかなくらいは思ったけども、全然そんな人だって気づかなかった。その次は、トラブルから逃げてきたっぽいチンピラ崩れとその親族の兄ちゃん。その次は実家と揉めた姉妹……そう言や、杣鳥さんのさらに前には、明らかにこりゃ駆け落ちだなっていう年食った男と若い女の怪しいカップルもいたな。とにかく、そういう家なんだよ」

「……ええ？」

なんだそれ、オカルトか。それとも家相とか、そういう話だろうか。話題についていけない俺を置き去りにして、大家は一人勝手に頷いている。

「だからね、行き詰まって逃げた人なんて、本当はたくさんいるんだ。いちいち体裁を繕ってないで、早く奥さんに言った方がいいよ」

大家の物腰には、明らかに厄介事を避けようとする気だるい感じが見受けられた。なんとか同情を引き出そうと、精一杯深刻な顔で言い募る。

「このまま会ったって、許してもらえない。ただ罵倒されて、縁を切られて終わりです。せめて事情を作るなり、もっと稼ぎのいい勤め先を見つけるなり、納得してもらえる理由を用意しないと」

「さっきから気になっていたんだけど、なんで逃げたことを奥さんに許してもらわないといけないんだ？」

「……なんでもなにも、当たり前じゃないか」

家庭から逃げ、仕事からも逃げた。伴侶として、これほどわかりやすい裏切りがあるだろうか。大家はぴんとこないとばかりに首を傾ける。

「逃げなきゃ死んじまうって思ったから逃げたんだろう。あんただけじゃない、誰だってそうだよ。それを許さない、なんて言われても、普通に困るじゃないか」

「困る……困るけど、そんなこと言ったって」

「逃げる、引き返すって判断は、時に現状維持の何倍も勇気が要るんだ。そこで逃げられないで、死んじゃう人もいる。ちゃんと逃げて生き延びた自分を、褒めなよ、少しは。――それじゃ、適当に話を合わせておくから、早く奥さんと仲直りしなよ。あんまりめんどくさいのは勘弁だ」

大家は膝を押さえ、よっこいしょ、と億劫そうに立ち上がった。餌台を指さし、「もう暖かいから、あんまり来ないだろ」と一笑いして去って行く。

彼がいなくなると、途端に周囲の静けさが際立った。

目の前で、白い白い桜の花が五枚の花弁を萼《がく》につけたまま、コマのように回転して落ちていく。枝が軽く揺れ、花のなかで小鳥が跳ねているのが見える。スズメだ。蛇に大量に食われた後はしばらく姿が見えなかったけど、もう別の群れがやってきたらしい。花を千切り、裏側から花の蜜を吸っている。

俺だけじゃなかった、と花が一輪、手元に降り落ちたように思う。

逃げたのは、俺だけじゃなかった。俺は特別ではなかった。褒める、なんていうのは大げさだ。だけど必要以上に恥じなくても、いいのかもしれない。

――そんなわけないだろ。世の中の大半の人間は、辛くても逃げずに踏みとどまって、与えられた役割をまっとうしているんだ。公園で見た父親たちを思い出せ。お前みたいなクズは一握りだ。あんなの店子へのリップサービスに決まってるじゃないか。真に受けるなよ、馬鹿馬鹿しい。

蛇の尾が甘えるようにするりと腕を撫で、離れる。生かそうとする声、殺そうとする声、どちらも同じくらいの大きさで体の内部で響いている。

一体どれくらいその場に座っていただろう。

家の前で車のエンジン音が止み、アフロ頭の中岡が心なしか緊張した面持ちで庭に現れた。俺を見つけ、ぱっと表情を明るくする。

「あ、平野さん！　よかった、ご無沙汰しています。何度か電話したんですが通じなかったので、お元気かなと様子だけ見に来ました。その後、お変わりないですか」

その極端な顔つきの変化で、なぜこの男が定期的に連絡を取ろうとしていたのか、わかった気がした。

七年前にこの庭で倒れて亡くなったという、七十過ぎの老婆。連絡が取れない住民は亡くなっているかもしれない。彼はその危惧をきちんと頭に入れて、担当地域を見回っているのだ。

苦笑いが漏れた。なにが弱い立場だから善人ぶっている、だ。未知の豊かさを、信じられずに見下した。そうしたら、なにも言えなくなってしまった。中岡にも――綾香にも。

「中岡くん」

「はい」

口を開く。

――理解されると思うか？　蛇に憑《つ》かれて死にそうだって？　頭がおかしいと思われて終わりだ。下手すりゃ、支払い能力のない迷惑住人だと見なされて家を追い出されるぞ。

動かしかけた舌が止まる。

わからない、この世をどのくらい信じていいかなど、永遠にわからない。もっとも救いのない蛇の言葉が真実を射貫《いぬ》く瞬間だって、きっとあるのだろう。

ただ、どうしてなにも言ってくれない、と綾香は繰り返し叫んでいた。俺が彼女にした最も残酷なことはきっと、仕事を辞めたことでも家庭を捨てたことでもなかった。

ゆっくりと、舌を動かす。

「天井裏に、蛇が住み着いて辛いんだ。……助けてくれないか」

助けて、と言葉にした途端、山椒でも噛んだように舌の先が痺れた。熱を持ち、そこから徐々に血が通う。ああ、綾香に言葉を求められるたび、なんて返せばいいのかわからなかった。ずっとずっと、わからなかった。

中岡は目を見開き、続いて大きく顔をしかめた。

「げ、本当ですか！　それじゃあバルサンしましょう、バルサン。うちの事務所に何個か余りがあるんで、すぐ持って来ますよ」

「バルサン……でいいのか？」

「蛇ですよね？　煙は嫌がると思いますよ。まあ、それでダメだったら、蛇よけの薬とか、動物が嫌がる音を立てるものとか、色々考えましょう」

すぐ戻りますんで、と言って、中岡は踵《きびす》を返した。家の前に停めた社用車に乗って走り去る。

再び静かになった庭を、妙に淡い心持ちで眺めた。桜の花をついばんでいたスズメはどこかに行った。隣の施設の庭に人の姿はなく、草葉を揺らす風すらない。全くの無音が、そこにあった。

蛇の声が聞こえない。

まさか、バルサンにびびったわけじゃないよな。あの忌々しく偉ぶった奴が。想像して、わずかに口の両端が持ち上がる。笑ってるよ俺、と少し遅れて、自分で驚いた。

舌の先が、まだ熱い。

縁側に手をつき、薄暗い部屋へ入る。天井の方向に耳を澄ましても物音一つしない。本当に出て行ったのだろうか。

いつしか隙間が開いているのが当たり前になっていた押し入れの襖を開き、屋根裏へ通じる点検口を見上げる。予想通り、ベニヤ板をのせただけの蓋が十センチほどずれていた。ここから蛇は出入りしていたのだ。

煙を嫌がるなら、蚊取り線香でも効果があるんじゃないか？　というか屋根裏でバルサンなんて焚いたら、そこに住んでいた害虫類が一斉に下の部屋に逃げ込んで悲惨な事態になりそうだ。関係のないことを懸命に考えつつ、押し入れの中段に足をかけて伸び上がる。ずれた蓋に手をかけたところで一度やめて、台所からフライパンを持ってきた。

心臓が肋骨《ろっこつ》を突き破りそうだ。

怖い、し、吐き気がするほど気持ちが悪い。

でも、それを追い払わなければ生きていけない。俺が死ぬのを待っていたということは、あいつ自身には俺を害する力がないのだ。どれだけ不気味でも、不気味なだけなら殴ればいい。そうだろう？　そのはずだ。そう信じて、やるしかない。

蓋を押しのけ、フライパンの持ち手を強く握って、長方形の穴に頭を入れる。薄暗い空間には、こちらを覗き込む蛇と人の溶け合った不気味な化け物が——いなかった。家の梁《はり》と桁と、それらに支えられた木材が張られた狭いスペースに、いくつかの配線が通されているだけだ。

拍子抜けした次の瞬間、点検口の真横に段ボール箱が置いてあるのを見つけ、どきりとした。まさか、これが蛇の巣か。とりあえず箱の側面を思い切り殴る。ドッ、と鈍い音が上がり、だけどそれが過ぎれば特になんの音もしない。箱の中に潜んでいるわけではないようだ。

蛇だけなら大した重さにはならないだろうに、箱は想像よりもしっかりとした手応えを返した。なにか、ある程度の重量のあるものが中に入っている。雑巾だの薬剤だの、大家が家の手入れに使っている道具だろうか。蛇も嫌だが、頭上に知らないものが置かれている、というのも居心地が悪い。埃っぽい箱を抱え、和室へ下りた。

蓋を開けると、中には妙な雑貨が収められていた。本体に水を入れるタイプの古いアイロン、薄汚れたバドミントン一式、カラフルなサインペン、父親世代で流行ったブランドものの腕時計。時計は革ベルトで、どうやら持ち主が途中で代わったらしく、大きくなっている穴が二箇所あった。最後に、白い布巾にくるまれた棒状のもの。布地を開いて、驚いた。柄に雅《みやび》な模様が彫られた出刃包丁が現れ、ぎらりと刃を光らせる。

わけがわからない。とにかく、これが家の備品でないことは確かだ。俺と同じく、ここに逃げてきた誰かの置き土産。包丁を置いて行くって、なんだ。まさか人殺しの凶器とかじゃないだろうな。いや、刃こぼれも汚れもない刀身は、むしろ新品めいた輝きを放っている。普通に、もったいない。

突然現れた品々を眺めていると、玄関の方向でエンジン音がした。どうやら中岡が帰ってきたらしい。

ふいに箱の陰から、黒く細長いものが躍り出た。氷上を滑る速度で、俺ではなく、中岡がいる玄関の方へ向かう。あ、と思った瞬間、とっさに握ったものを叩きつけていた。

ぶつり、と骨肉を断つ生々しい感触がてのひらに広がる。

広がったのに、なにもない。振り下ろした出刃包丁が、畳に数ミリの傷をつけている。目に映るのはそれだけだ。ただ、ずっと絡み付いていた粘り気のある視線が消えた。

「平野さーん、中岡です。お邪魔します」

足音が廊下伝いにこちらへやってくる。俺は慌てて出刃包丁を布巾にくるんで箱へ戻し、畳につけてしまった傷を座布団で隠した。

「事務所で社長に聞いたら、バルサンよりこっちのがいいだろうって、蛇よけのスプレーを勧められました。動物が嫌がるハーブの匂いがするそうで……あれ、片付けの最中でしたか？」

中岡は畳に広げた雑貨に不思議そうに目を向ける。

「これ、屋根裏の点検口のそばに置きっ放しだったんだ。前の住人の忘れ物じゃないかな」

「ええ、本当ですか。あらまあ……」

「俺が持っているのも微妙だし、よければ引き取ってもらえないか」

「わかりました。じゃあ一定期間こちらでお預かりして、連絡がなければ処分しちゃいますね」

中岡はあっさりと懐中電灯片手に屋根裏へ上がり、十分ほどシュー、シュー、と噴射音をさせて戻ってきた。

「特に蛇は見当たりませんね。隙間や、通り道になりそうなところを中心に、薬をかけておきました。天然成分で人体に影響はない薬ですが、匂いが気になるようでしたらこまめに換気して下さい」

「ありがとう、助かったよ」

「いえ、またなにかあったらお気軽に」

雑貨の入った箱を抱え、暇《いとま》を告げた中岡はにこやかに頭を下げる。そのアフロについた蜘蛛の巣をつまんで外し、俺は彼を見送った。


屋根裏の箱を扱ったせいか、心なしか畳が埃っぽい。久しぶりに布団を上げて、掃除でもしよう。そう思って部屋を片付けていくと、適当にものを放り込んである押し入れの下段に、とっくに充電の切れたスマホを見つけた。

充電器に差して一分ほどで、目に痛みを感じるほど眩い光がディスプレイに蘇《よみがえ》った。

着信履歴には、平野綾香の名前がずらずらと残されている。そのうちの一つをタップし、こちらから電話をかけた。

呼び出し音が響く。もうすでにこの番号は通じないかもしれない。許されないかもしれない。理解など、到底されないかもしれない。

ただ、俺はそういう風にしか生きられなかった。それが他人にどう見えても、俺は、俺だけは、自分が生きることの味方をして、世界と交渉しなければならない。

ぷつん、と柔らかいものに針で穴を開けるような音を立て、回線が彼方へ繋がった。

「……はい」

彼女の声が、耳へと触れる。まるで声の在処に吸い込まれるように、周囲の風が動き始めた。

解説

北大路公子

なんと鮮やかな光と影の物語だろう。

舞台は一軒の小さな平屋である。築四十数年。そう聞くとずいぶん年季の入った古ぼけた家を想像するが、実際にも相当年季の入った古ぼけた家だ。まず目に入るのは、動物の住処《すみか》のような鬱蒼《うつそう》とした佇《たたず》まい。「普通に中からカモシカぐらい出てきそう」な玄関を開けると、真ん中が色褪《いろあ》せ「踏み出すたびにぎしぎし」軋《きし》む細い廊下が続いている。三和土《たたき》には蜘蛛《くも》の巣が張り、壁は手が触れただけで表面が崩れる砂壁で、柱にはかつてここで暮らした誰かがつけたナイフの傷や、ペットのものと思《おぼ》しき爪痕が大小無数に刻まれている。

大きな染みが浮かぶ襖《ふすま》に、色褪せた床。奥の台所には磨《す》りガラス越しの鈍い光が差し込んでいるが、だからといってこの暗く湿った雰囲気が変わるわけではない。埃《ほこり》っぽい淀《よど》んだ空気や、古い建物の発する独特の臭いまでもが行間から立ち上ってくるようだ。台所のほかには、トイレと風呂場と納戸、そして和室が二部屋に縁側。一人、あるいは誰かと二人で住むには十分な広さとはいえ、今時のオートロックも浴室乾燥機も対面式キッチンもない家である。

「やっぱりさあ、古いし、ぼろいし、ナイよ。ナイ。ゴキブリとかばんばん出そう」

第四話「ままごと」で、ここを借りると決めた姉に向かって大学生の妹が言うが、まったくもってそのとおりの家なのだ。ゴキブリばかりか、ネズミやヘビや得体のしれない何かもばんばん出てきそうで、「ナイよ。ナイ」と声を揃《そろ》えたくなるが、しかしその不穏で淀んだ印象は、縁側の雨戸を開けた瞬間に一変する。

草の海が目の前に広がり、透明な波みたいな初夏の日差しが一瞬でたぷんと部屋を満たした。白い百合が一輪、二輪、と鮮やかな緑に溺れながら密《ひそ》やかに顔を覗《のぞ》かせている。

清らかで美しく、そして目が眩《くら》むほどの強烈な場面転換である。それまでの陰鬱さが一掃され、南向きの庭から溢《あふ》れんばかりに降り注ぐ光と緑の中に、登場人物も読者も突然立たされるのだ。

家の中が暗かったせいか、外がやけに眩《まぶ》しく感じられた。頼まれた通り、私は隣室の雨戸を戸袋に押し込み、網戸が置かれた方のガラス戸を細く開けた。土と草の匂いが混ざった風が、埃っぽい部屋の空気を押し流していく。

とても清々《すがすが》しく、これから何か素晴らしいことが起こるのではないか、人生の新しい扉が開いて全てが好転するのではないか、ゴキブリなど実は一匹もいないのではないか、という期待すら抱かせるシーンだ。

なにしろ、この家の入居者は皆、ワケアリの「逃げてきた人」たちなのである。年上の妻子ある男性とかけおちした女性（第一話「はねつき」）や、人を殺したことを隠したまま、偶然再会した小学校の同級生と同居する若いヤクザ（第二話「ゆすらうめ」）、かつて信者の娘の遺体を遺棄した新興宗教の元教祖（第三話「ひかり」）に、誰もが羨む縁談を捨てた姉とその妹（第四話「ままごと」）、そして単身赴任をきっかけに妻と幼い息子から離れたことに安堵《あんど》するサラリーマン（第五話「かざあな」）。

事情は異なれど、登場人物たちは全員、怯《おび》え、疲れている。そんな彼らがたどり着いた明るく密やかな家。なるほどここで彼らは心を癒やし、いずれは幸福と平穏を摑《つか》むに違いない。そのための光と影のコントラストなのだ。という安易な予想は、しかし見事に裏切られることになる。

雨戸を開けた瞬間に注がれた、息を呑《の》むような眩しい光。それが家の中だけではなく、彼ら自身の内面をも強く照らし出すことに、やがて読者は気づくからだ。

強い光は濃い影を生む。

全てを捨てた彼らに光を遮るものは何もなく、その影は日に日に濃さを増していく。秘めてきた胸のうちや誰にも言えなかった過去、見えないふりをしていた冷酷で自分勝手な感情。日常に紛れさせうやむやにしていた心の闇が、くっきりと形を持ち始めるのだ。

たとえば「はねつき」では、それは天井裏のネズミだ。最初、足音だけが聞こえていたネズミは、やがて捕獲シートに捕らえられ、駆除される。ところが、いくら捕らえても処分をしても、天井裏の足音は逆に増えていく。他人の夫を奪って逃げ続ける生活に、終わりは来るのか。来るとしたらそれはどんな形なのか。得体のしれないネズミの姿に不安定な自分たちの未来をシンクロさせることで、主人公は胸に湧き続ける不安の源が、男のズルさや甘さだと気がついていく。自分だけは何も捨てず、実はどこへも逃げてはいない男の本質を少しずつ見抜くのだ。

あるいは「ひかり」では、それは隣の老人ホームから庭伝いにやって来る侵入者だ。認知症を患っているという高齢男性が毎日のように庭に現れて、主人公の老女に向かって繰り言を言う。妄想にとりつかれた彼の中で老女は次々と姿を変え、日々知らぬ名で呼ばれているうちに、いつしか彼女の中の自我が揺らぎ始める。過去と現在と自分と他人の境界が曖昧になり、ついには封印していた過去が老女を呑み込むことになる。

「かざあな」においては、影は更に凶暴性を増す。人の腕の形をした蛇となって現れ、家族から逃げた挙げ句、妻に無断で会社を辞めた主人公に、はっきりとした声で語りかけるのだ。

仕事を得れば仕事を、家庭を持てば家庭を、持ち重りするものを、いつだって投げ捨てたいと思っていたじゃないか。いい加減、まともな人間のふりなんてやめてしまえよ。

お前はもう終わりだよ。積み上げたものを捨てて逃げたんだ。誰にも許されるものか。死ねばいい。面倒事も、ぜんぶ終わる。

影の声とは、即《すなわ》ち自分の声である。自分で自分を許せない苦しみにもがく主人公を、最後の逃げ場所としての死へ誘《いざな》う。耳を塞ぎきれない主人公の混乱と悲しみを餌に、影はますます牙を剝《む》くのだ。

私もそうだが、人は静かな場所で太陽の光を浴び、庭仕事の一つもしながらまともな食事をとって、毎晩ゆっくり眠れば元気になると、願望も込めてどこか信仰のように思っている節がある。もしそれが本当ならこの家はうってつけだ。それこそ癒やしの場として、住人の人生を魔法のように蘇《よみがえ》らせるだろう。

だが、世の中はそれほど単純でも優雅でもない。縁側でうたた寝をしている膝の上に、どこからともなくコロコロと転がってくるものだけが希望ではなく、真っ暗な影の中に目を凝らし、腕を伸ばしてやっと見つかる類の希望もあるはずなのだ。

著者は、その暗がりの中から探した希望を、私たち読者に差し出そうとしているように思える。黒々とした絶望の影を描写することで、希望が放つかすかな輝きを際立たせ、それを掴み取ろうと震える腕を描いている。

バランスの難しい物語だと思う。一歩間違えれば、単なる「心に闇を抱えた人を取り込む魔の家の話」である。本書がそれを免れたのは、ところどころに配置されたごく普通の人たちのおかげであろう。

隣接する老人ホームの人々の醸し出す社会性や、アフロヘアーの不動産屋のまっすぐに突き抜けた正しさ、少々お節介だが親切でおおらかな大家。あの人たちがいなければ、光の強さにも影の濃さにも耐えきれず、絶望に呑み込まれた人もいたに違いない。

大家が「かざあな」の主人公に言う台詞《せりふ》がある。

「逃げなきゃ死んじまうって思ったから逃げたんだろう。あんただけじゃない、誰だってそうだよ。それを許さない、なんて言われても、普通に困るじゃないか」

そう、普通に困るのである。この連作小説の根底に流れるのは、人は傷つくという事実だ。たとえ他人の夫とかけおちしても、ヤクザとなって人を殺しても、妻や子供を邪魔に思っても、当たり前だが人は傷つく。他人の言葉にも傷つくし、自分の言動にも傷つく。その傷に優劣はなく、もちろん意味もない。

やるべきことは傷のジャッジではなく、痛みを認め、「死ななくてよかった。きっとまたよくなる」と声をかけることだけだと著者は言う。いや、言ってはいないが、そうなのだろうと思う。人の弱さを否定しない普通の人たちが、この物語を支えているからだ。

残酷で容赦なく、そして優しい物語である。最初に読んだ時から、私はこの家に住みたかった。古ぼけた玄関を入り、廊下を軋ませながら奥へと向かい、薄暗い和室の雨戸を一気に開け放つ。注ぎ込む大量の光を浴び、むせ返るような庭の緑を目にする。

それがどんな邪悪な影を浮かび上がらせるかはわからない。でも、まあ仕方ない。

美しいものは恐ろしいのである。

（きたおおじ・きみこ　エッセイスト／小説家）

本書は、二〇二〇年一月、集英社より刊行されました。

初出「小説すばる」
はねつき　二〇一五年一月号
ゆすらうめ　二〇一七年七月号
ひかり　二〇一八年六月号
ままごと　二〇一九年八月号
かざあな　二〇一九年十一月号

集英社文庫　目録（日本文学）

阿刀田高　甘い闇　阿刀田高傑作短編集
阿刀田高　影まつり
阿刀田高　私が作家になった理由
阿刀田高　怪しくて妖しくて
阿刀田高　赤い追憶　阿刀田高傑作短編集
阿刀田高　おいしい命　阿刀田高傑作短編集
穴澤賢　またね、富士丸。
阿野冠　バタフライ
阿野冠　君だけに愛を
我孫子武丸　たけまる文庫　謎の巻
阿部暁子　室町繚乱　義満と世阿弥と吉野の姫君
阿部暁子　パラ・スター　〈Side 百花〉
阿部暁子　パラ・スター　〈Side 宝良〉
安部龍太郎　海神《わだつみ》
安部龍太郎　生きて候(上)(下)
安部龍太郎　恋七夜

安部龍太郎　関ヶ原連判状(上)(下)
安部龍太郎　天馬、翔ける　源義経(上)(中)(下)
安部龍太郎　風の如く　水の如く
安部龍太郎　道誉と正成　婆娑羅太平記
安部龍太郎　義貞の旗　士道太平記
安部龍太郎　十三《とさ》の海鳴り　蝦夷太平記
甘糟りり子　思春期ブス
天野純希　桃山ビート・トライブ
天野純希　青嵐の譜(上)(下)
天野純希　南海の翼　長宗我部元親正伝
天野純希　信長　暁の魔王
天野純希　剣風の結衣
雨宮処凛　「女子」という呪い
飴村行　ジムグリ
彩坂美月　サクラオト
彩瀬まる　さいはての家

綾辻行人　眼球綺譚
新井素子　チグリスとユーフラテス(上)(下)
新井友香　祝女
嵐山光三郎　日本詣で　ニッポンもうで
嵐山光三郎　よろしく
荒俣宏　日本妖怪巡礼団
荒俣宏　風水先生
荒俣宏　怪奇の国ニッポン
荒俣宏　レックス・ムンディ
荒山徹　鳳凰の黙示録
有川真由美　働く女《ひと》！　38歳までにしておくべきこと
有島武郎　生れ出づる悩み
有吉佐和子　連《つれ》舞《まい》
有吉佐和子　乱《みだれ》舞《まい》
有吉佐和子　処女連《れん》禱《とう》
有吉佐和子　更紗夫人

集英社文庫

さいはての家《いえ》

2023年1月25日　第1刷　　定価はカバーに表示してあります。

著　者　彩瀬《あやせ》まる

発行者　樋口尚也

発行所　株式会社　集英社
東京都千代田区一ツ橋2-5-10　〒101-8050
電話　【編集部】03-3230-6095
　　　【読者係】03-3230-6080
　　　【販売部】03-3230-6393（書店専用）

印　刷　凸版印刷株式会社

製　本　加藤製本株式会社

フォーマットデザイン　アリヤマデザインストア　　マークデザイン　居山浩二

ISBN978-4-08-744475-9 C0193